非逆｜作 九日曦｜繪

明日，陽光依然絢爛

目錄

第一章　小小世界

〔媽媽以為幫我換了一個學校，就可以解決很多問題了。但是我覺得她沒有發現，真正需要解決的問題是在我身上。

新學校只是讓我很尷尬而已，而且好像更尷尬了。我是誰，我在這裡做什麼？

有時候，我會覺得，在別人認識我之前，我好像都跟不存在一樣。如果我只是——〕

對一個高中生而言，坐在數學課的教室裡，能做的事情有很多。就像整個課堂上所有的學生一樣，有些人選擇打瞌睡，有些人選擇在紙上塗鴉，只有少數幾個真正覺得數學很有趣的學生，盯著臺上的老師解題。

早上的第一節課，教室的空氣沉悶得令人昏昏欲睡；冷氣為了節能減碳，只開到二十七度，對集中注意力一點幫助也沒有。講臺上的數學老師，用粉筆迅速寫出一行行的算式，粉筆發出刺耳的吱嘎聲。

但是這一切，都與程喬恩無關。他坐在教室的最後一排座位，低著頭，在筆記本中飛快地寫字。那是一本小而破舊的筆記，只比程喬恩的手掌大出一點點。程喬恩手中的鋼珠筆不停隨他手腕的姿勢而晃動，甚至動得比數學老師的粉筆還要快速。

一行行的文字就像是水流從他的筆尖下冒出。程喬恩沒有回頭去看自己寫下的東西，他就只是一直寫個不停。他只是偶爾抬起眼，瞥了一眼上方幾條橫線內密密麻麻的細小中文字。不知道為什麼，這樣密集排列的文字，看上去幾乎有某種療癒或是催眠般的效果。

而且令他很有安全感。

有時候程喬恩覺得，這些文字就像一塊塊磚頭，堆砌成一座高聳的城牆，而他是藏身在城牆後方的人。他可以從縫隙觀察外面的一切，同時隱藏在他的小小世界中。沒有人可以接近他，甚至沒有人可以看見他。

和牆外的世界比起來，筆記本的世界簡單多了。

他繼續寫著，又翻到下一頁。

「——喬恩。」一個聲音像透過廣播音響般，在程喬恩的耳邊炸響。「程喬恩！」

突如其來的喊聲使程喬恩的心頭一驚。他的第一個反應是把筆記本封面闔上，從座位上彈起來。劇烈的動作，使他差點把可憐的木椅撞倒。

「是。」程喬恩的心臟怦怦直跳。他錯過什麼了嗎？老師剛才在臺上說了些什麼？他現在應該要回答什麼問題？

他呆滯地站在座位旁，大腦還沒有完全從剛才神遊的小世界中回到現實。他眨了眨眼睛，試圖聚焦在黑板上，但對他來說，現在黑板上的白色算式，全是由沒有邏輯的數字和英文所組成的。

程喬恩看見數學老師瞇著眼、挑著眉，嘴角下撇地注視著他。為了迴避老師的雙眼，程喬恩撇開目光，卻忍不住注意到了他光滑的頭頂上，由教室燈光所造成的反光。

程喬恩再度垂下視線。他暗自環顧了一圈教室，這才意識到，此時，整間教室裡七排的學生座位上，一張張綠色桌子後方，所有的學生都正用好笑的眼神看著他。

他聽見身邊的幾個同學竊竊私語起來。

「程喬恩？」

「以前演偶像劇的那個程喬恩喔？」

類似的對話逐漸像漣漪一樣，在教室的學生們之間傳開，接著，不知道是誰帶頭發出了一聲爆笑。一瞬間，那些聲音不再只是漣漪了——它們就如同被人打開的水龍頭，笑聲從四面八方湧出來。

「娘炮。」不知道是誰的聲音說了一句。

那個聲音不算大，但卻也清清楚楚地傳進程喬恩的耳裡。隨後而來的笑聲淹沒了其他說話的聲音，即使程喬恩有膽量抬頭張望，他也不可能知道那是誰說的了。

程喬恩低垂著腦袋，只覺得臉頰一片滾燙，恨不得能躲到桌子底下去，或是乾脆逃出這間教室。他真希望自己不要動不動就臉紅，但是這對他來說是某種生理上的失敗，他無法控制自己的血液此刻選擇要往哪裡流動。

這場面已經不是人生中的第一次了。他不記得自己有多少次成為同學之間的笑柄，他卻無力——也不知道要如何——解救自己。

他的名字或許沒有多少幫助——他不只一次懷疑，當他爸媽在為他命名時，是不是吵架吵得無暇思考了，所以當他們看見一旁的雜誌時，就隨便借用了某個演偶像劇的當紅女藝人的名字。

程喬恩第一次被同學取笑的時候，他甚至還不知道他們在說的是誰。直到他回家，上網輸入自己的名字之後，才看見了那個有著一雙大眼、臉上掛著燦爛笑容的女演員。

不知道和名字有沒有一點關係，程喬恩的長相，似乎也有那麼一點像那樣——他有著一頭柔軟、茂密的深色捲髮，還有一雙雙眼皮深刻的棕色眼睛。他不是特別喜歡自己的眼睛：有時候他看著鏡子，他會覺得自己的眼睛有點太大了，顏色有點太淺的虹膜，又使他看起來隨時都很驚慌——或許是因為他確實很驚慌。

他從來不知道要怎麼與人維持視線相交。或者說，他從來不知道要怎麼和人維持任何東西。

「認真做筆記是好事。」站在臺前的數學老師說，再度喚回程喬恩的注意力。程喬恩看向講臺，把目光集中在數學老師上衣的領口處。「但是我現在在檢討課本練習題的時候，你至少需要看著黑板吧。」

四周的學生似乎笑得更用力了。程喬恩只希望自己能縮小一點、再縮小一點，直到他消失在大家的視線之中。

「是。」程喬恩嚥了一口口水，他的聲音細小得幾乎連自己都聽不見。「對不起。」

「我知道你這學期才轉過來。」數學老師繼續說。「我們課本的版本可能和你前一間學校不太一樣，但是這不代表你可以在上課做別的事。」

「好。」程喬恩低聲回答。

他低下頭，看向自己桌面上的橡皮擦屑。

「坐下吧。」數學老師說。「我想要對新同學更寬容一點。所以這是最後一次警告了。聽到了嗎？」

嗯，是最後一次，但如果程喬恩沒記錯的話，這也是第一次。程喬恩咬了咬嘴脣，在依然不絕於耳的鼓譟聲中，默默地坐回椅子上。

他的視線緊緊盯著自己筆記本的封面，默數著上方一道道的摺痕和筆所留下來的汙漬。

「好了，同學們。這有什麼好笑的？」數學老師用粉筆敲了敲黑板，提高嗓門，示意學生們安靜。「我敢說喬恩不是唯一一個沒在聽課的人。需要我一個一個點出來嗎？」

聽見這句話，有人浮誇地倒抽一口氣，但是學生們竊笑的聲音很快就平息了下去。課堂再度恢復平靜，數學課繼續進行。因程喬恩而起的小小鬧劇結束，但這節課的時間也所剩無幾，就算程喬恩想要認真，也已經不可能聽懂了。

下課鐘終於響起時，程喬恩鬆了一口氣。他一一將桌面上的東西收回背包裡：他的文具、上課用的筆記本，還有他最貼身的那本筆記本。

他從來不把東西放在抽屜裡的。小學時，他曾經把自己的筆記本留在座位的抽屜中，結果被某個好事的同學看見後，拿去站在講臺上朗讀了前面幾頁。最後這件事在程喬恩的大哭與老師的介入下結束，但在那之後，程喬恩就對他的筆記本產生了某種近乎執著的情感。

或許對別人來說，那就只是幾頁無傷大雅的字罷了。但是當程喬恩聽到別人嘴裡唸出他寫下的字句時，他只覺得赤裸，好像他的大腦被人剖開了、任人觀賞一樣。

他的筆記本或許真的就是他的第二大腦。這麼說一點也不為過。在他以前的學校，每個人都有著固定的座位，因此在程喬恩心中，他也有著那麼一絲絲的隱私。儘管所謂的「隱私」，最後也沒有保護到他什麼。現在轉來了這間新學校——這間又大、又創新、又充滿了各種未知事物的實驗學校，他什麼都不確定了。

開學的第一天，他連校長室都找不到，也不知道自己該去哪裡開始第一堂課。就在他覺得自己快要瀕臨落淚邊緣時，他終於在幾個女同學的協助下，找到了教務處，領到了屬於他的課表。

這間學校是跑班制——就像他在串流平臺上看過的美國校園那樣。他得每一節課都去不同的教室上課，只有特別安排的導師時間，他才會和同齡的其他學生，一起去到導生教室。

今天是他進入這間學校的第三天。他連上數學課之前都差點遲到，因為他還沒記住他的數學教室在哪一棟大樓的哪一層樓。

當程喬恩在打鐘前一刻推開教室的門時，他覺得他的眼淚都快要掉出來了。但是或許是因為在走廊上落淚，就算以他的標準來說，也還是有點太丟臉了，他硬生生地把哽咽的感覺嚥了下去。

他只能祈禱，接下來，他會逐漸熟悉這個新環境，他不會再覺得四周的每個人好像都想要把他生吞活剝，而他會開始覺得他也屬於這裡。

也許吧。

程喬恩把背包掛在肩上，小心翼翼地避開急著衝出教室的同學們。他跟隨在幾個學生後方，往教室的前門移動。

下一堂課就是導師課，而程喬恩還不太確定自己的導生教室在什麼地方。他在心中盤算，要去樓梯口的樓層標示圖中，尋找自己的教室編號。

「噢！」

或許是因為他思考得太專心了，使他無暇顧及身邊的其他事情。他甚至沒有注意到有人從他的後方擠過來。就在他正要踏出教室的門檻時，一個沉重的東西從後方撞上程喬恩的肩膀。

突如其來的衝擊使程喬恩的身體轉了半圈，撞上木製門框。他的眼前瞬間變得一片花白，一股刺痛從鼻腔直衝他的腦門。有那麼一瞬間，程喬恩動彈不得，連眼睛都睜不太開。他盲目地伸手，扶住身邊的牆，指尖冰冷的觸感，和突然發燙的臉頰呈現鮮明的對比。

「走路不會看路嗎，白痴。」一個粗暴的聲音從他身後傳來。

程喬恩嚥了一口口水，在嘴裡嘗到一股令他作嘔的甜味。那是……血嗎？

他流血了？

過了一秒後，程喬恩才反應過來，那是他的鼻血。他可以感覺到一道冰涼的液體從他的鼻孔中流出，一路流到他的嘴唇上。程喬恩突然一陣反胃。他抬起手，瞇著眼，嘗試抹去血跡，但是鼻梁的刺痛感卻使他倒抽一口氣，只能作罷。

程喬恩轉過身，抬起眼，卻看見三個高大的學生站在那裡。位居中央的那名學生格外魁梧，幾乎比程喬恩高出一個頭，或許是因為發育的關係，他的肩膀看起來寬闊得和他的身形不成比例。他頂著一頭剃短的髮型，使高聳的額頭與眉骨顯得更加醒目。

站在他面前，身高不到一百七的程喬恩，簡直就像個笑話。

男孩揚著下巴，一臉傲慢。不知為何，他打量程喬恩的目光，使他覺得像是被人用手騷擾了一般，突然渾身不舒服。那股視線緩緩地從程喬恩的臉上掃過，一直到他的身體，移動速度之慢，只有可能是因為它帶著全然的惡意。

程喬恩的背脊一陣發麻。他抓住自己肩膀上的背包背帶，撇開視線。

「沒有人教過你禮貌嗎？」男孩粗聲說道。「別人跟你說話的時候，你得看著人的眼睛。」

接著，一隻大手捏住程喬恩的下顎，硬是把他的臉向上抬起。程喬恩的一口氣卡在喉頭，差一點被自己的口水嗆到。他發出一聲緊繃的哽咽聲，硬是嚥下一口唾沫。

「不好意思，我有個問題。」他打量著程喬恩的臉，眼神帶著無比的譏諷。

「你出生的時候，你媽是不是把你當成女生啊？」

程喬恩一直都知道自己的面孔比別人的線條更柔和一些。尤其是在進入青春期後，許多和他同齡的男孩，下顎線條都開始變得更方正、更粗獷，但是程喬恩沒有。他的肩膀是變得寬了一些、身高也抽高了，但是卻比不上班上其他孩子的的程度，而且，他也沒有像其他男孩一樣開始發展出分明的肌肉。他的手臂仍然細瘦，身形也仍然乾癟。再配上他的五官，尤其是他那雙過大的眼睛——他大概可以想像這些話是從何而來。

程喬恩得到過這種評價太多次了，就連他的爸爸，都曾經在他哭泣時嘲笑他「像個小女生一樣哭哭啼啼」。

而這也是他習慣迴避人群的原因之一。他不知道要怎麼為自己辯護，或是阻止別人這樣對他說話。那些嘲弄或許不是真正的邪惡，但是他很清楚，它們全都在他身上留下了一些記號——他都完完整整地寫在他的筆記本裡了。

所以他選擇退縮。

程喬恩一句話也沒說，只是試著掙脫男孩的手。

但這些人沒打算放過他。男孩左手邊的人竊笑著，伸出手，一把抓住程喬恩的手腕。「哇靠。」他轉頭對中間的男孩說道。「欸，蕭愷帆，你看他的手腕，大概比你的大拇指還細欸。」

前。被稱作蕭愷帆的男孩放開程喬恩的臉，轉而接過他的手臂，粗魯地抬到眼前。

程喬恩吃痛地倒抽一口氣。

「哈！」蕭愷帆誇張地大笑一聲。「哇靠！欸，許宣豪，這大概比你的屌還細欸。」他看向右手邊的男孩，自顧自地笑了起來。

被稱作許宣豪的男孩一巴掌拍上蕭愷帆的後腦勺。「你去吃屎喔，幹。」

蕭愷帆的大拇指狠狠壓進程喬恩的手腕中，使他的手掌一陣發麻，程喬恩瑟縮了一下。「說到這個，我倒是很好奇，這傢伙到底有沒有屌？」

什麼？

程喬恩突然感到背脊一陣發涼。這句話背後衍生出的各種可能性，從他腦海中一閃而過，像是某種惡毒的跑馬燈。一股恐懼感油然升起，程喬恩再度掙扎起來。

「放、放開我。」

蕭愷帆瞇起眼睛，歪了歪頭。「什麼？」

「我……我說。」程喬恩又說了一次。他覺得口腔內一陣乾澀，他的聲音好像被困在喉嚨裡，一點都不情願離開他的嘴。「放開我。」

他試著把手從蕭愷帆的掌握中抽回來，但是對方只是更用力地把他往反方向扯去，使程喬恩踉蹌地往前摔倒。

「嗯，我聽見了，但我不會說小娘炮的語言。」蕭愷帆咧開嘴，對著程喬恩的臉說道。

「對啦。」叫做許宣豪的男孩說，一邊對程喬恩伸出一隻不講理的手。「你剛才在上課的時候，是在寫什麼？」他一把抓住他肩膀上的背包，就要準備往下扯。

一股絕望感突然將程喬恩的整個人包裹起來。他想要捍衛自己的隱私，那是他在這間陌生的學校裡，或者說這個陌生的世界中，唯一的一點安全感來源了。程喬恩的身體奮力一扭。「不行！」他不能讓他們拿走他的背包、他的筆記本——那是屬於他的、最私人的東西。

他試圖用肩膀護住自己的書包，但是他的手仍然被握在蕭愷帆手中，使他根本無從阻止。許宣豪把他的背包從肩上拉了下來，眼看就要準備打開背包的拉鍊。

「還……還給我！」程喬恩奮力嚥下喉頭的腫脹感，提高嗓門喊道。

他伸出手，抓住蕭愷帆的手指，想要把他的手扳開。但是就連此時，程喬恩身為當事人，都可以想像自己的努力看起來多麼可悲又可笑。

他的眼角餘光看見，幾個人正好奇地站在走廊上，看著他們的一舉一動。但是沒有人要上來阻止。但話說回來，從來也沒有人會這麼做。

以前當他被同學們搶走點心、推過教室的門檻，或是「不小心」被掃把打到時，更多人做的事情是大笑。他知道老師不會永遠在場，因此他也並不期待有誰會來介入。

「嗯，沒想到小娘炮的脾氣這麼火爆。」蕭愷帆咧開嘴：「但是很可惜。」他帶著笑容，對程喬恩一字一句慢慢地說：「你的力氣不夠大。」

他抓住程喬恩的襯衫領口，鬆開他的手腕，然後把程喬恩狠狠向後一推。程喬恩從來沒有想像到，一個高中生的蠻力可以這麼大。程喬恩的身體向後彈了出去。他試著穩住自己的平衡，但是他運動鞋柔軟的鞋底，在此時卻不起任何作用。

程喬恩的眼前，只看見教室走廊上潔白的天花板，往奇怪的方向滑開，他的身子則毫無反抗能力地向後摔倒。

不——

他胡亂往前伸出手，想要抓住某根不存在的繩索。

然後他的後背撞上了一個溫暖的東西。

「搞屁喔？」他的頭頂上有個聲音傳來。

同一時間，一隻大手抓住他的上臂，將他從摔倒的軌跡中攔截下來。

程喬恩驚愕地回過頭，瞪大雙眼。

他首先看見的是一個男孩的下巴線條。男孩緩緩地低下頭，冷淡的眼神掃過他的臉，好像想知道是什麼討人厭的東西擋住他的去路。

男孩頂著一頭黑髮，長著一雙細長的深色眼睛和濃眉，高聳的鼻梁和薄薄的嘴唇。此時，他的嘴唇抿成一條細線，挑著眉，打量程喬恩的面孔。如此近距離地和男孩對視，使程喬恩的心臟重重一跳。他反射性地垂下視線，看向男孩的制服第一顆鈕釦。

「對不起，我不是……」程喬恩手忙腳亂地掙扎著，想要站直身子。

但是他的話還沒說完，蕭愷帆便朝程喬恩的方向大步走過來。「這跟你無關，金在絢。」蕭愷帆對著程喬恩身後的男孩喊道。

被稱為金在絢的男孩抬起頭，面向前來挑釁的人。「嗯，但是你有點把它變得跟我有關了，蕭愷帆。」金在絢說。

「你可以滾開就好。」蕭愷帆怒視著他。「你是哪裡有障礙？」

「好吧，你看，事情是這樣的。」金在絢嘆了一口氣。「我只是要準備去上我的歷史課，好嗎？」他像是在對一個小朋友，或是有學習障礙的人說話般，緩慢而充滿耐性。「但是你突然把一個人推到我身上，還害他踩到了我的鞋。這是復刻版的 Air Force 喔，蕭愷帆。你打算要去求爸爸賠我一雙嗎？」

不知道是這句話的哪個部分擊中了蕭鎧帆的腦神經，在程喬恩眼前，他的臉色突然漲得通紅。他額頭上的一條青筋浮了起來。「閉嘴！」蕭愷帆低吼。

「滾遠一點。」

「你才應該要閉嘴，白痴。」金在絢說。

他把程喬恩往一旁推開，程喬恩則跌跌撞撞地抓住走廊邊金屬置物櫃的門，以免自己真的摔倒。他瞪大眼睛，看著蕭愷帆撲上來，抓住金在絢的肩膀。金在絢只是抬起眼看了他一瞬，接著他毫不畏懼地舉起手——然後一拳擊中蕭愷帆的肚子。他的動作看起來輕鬆平靜，好像他本來就預料到這件事會發生。

拳頭砸中肉體的聲音令程喬恩有些反胃，他咬著嘴唇，愣愣地看著金在絢的拳頭，再看向蕭愷帆不可置信的表情。有那麼一瞬間，四周的時空好像停滯了一樣。

接著，走廊上不知是誰發出一聲驚呼。程喬恩回過神來，四下張望，才發現原本在教室之間移動的學生們，都已經停下了腳步。無數雙眼睛瞪視著他們的方向，但不要說是圍觀的路人了，就連程喬恩本人，都不太確定究竟發生了什麼事。

接著，許宣豪的聲音劃破了短暫凝結的空氣。

「你不是想要你的書包嗎？」他往程喬恩方向大步跨過來。「拿回去啊！」

程喬恩甚至來不及反應，書包便打中他的鼻梁。

刺痛感使他一陣暈頭轉向。有那麼一瞬間，走廊上的一切都變得模糊不已，他的耳邊嗡嗡作響；他眨著眼睛，試圖讓自己的視線對焦，卻只使剛才早已匯集在眼眶的淚水流了下來。

他想要穩住自己的身體，但腳下的走廊瓷磚，好像變成了液體一樣，帶著他的腿往前流去。這一次，程喬恩終於無法再抵抗地心引力的拉扯，絕望地向後倒去。

有人往他身上撲來，接著程喬恩突然覺得胸口被一個重物壓住。呼吸瞬間卡在他的胸腔裡，使他無論如何都喘不過氣。他張開嘴，試著吸入更多氧氣。好痛，不管是他的鼻子、臉頰、下背，還是胸口，他已經分不清哪個地方更痛了——

「——教官來了！」

一聲長而尖銳的哨音戳刺著程喬恩的耳膜。

走廊上的某個學生這樣大喊一聲，而那個壓在程喬恩胸前的重物隨即挪開，一股炙熱的夏日空氣再度灌入程喬恩的肺部。他嗆咳、掙扎著，大口吸進氧氣，卻遲遲無法從地面上爬起來。

程喬恩艱難地翻過身，雙手撐著地面，閉上眼睛幾秒，直到他感覺地面不再旋轉、他的胸口不再像是火燒一樣後，他才緩緩睜開眼睛。

首先映入眼簾的，是教官的深綠色長褲，還有閃閃發亮的皮鞋鞋尖。程喬恩小心翼翼地抬起視線，便看見她正站在他面前，雙手抱胸，居高臨下地打量著他們。「你們四個。」她的聲音很平靜。「到校長室去。現在就去。」

儘管教官沒有大吼大叫，程喬恩依然渾身一顫，無法抑制的恐慌感，使他的心臟難以恢復正常的速率。他垂下眼皮，然後才發現地上多了幾個紅點。五個、六個、七個。還在持續增加中。

他愣了愣，才有點太慢地抬起手臂，輕輕一抹鼻子。鼻梁的刺痛感已經幾乎快要麻痺了，而他的手背上一片殷紅。

他轉過頭去，看向他的身後。

金在絢和蕭愷帆已經各自退開，兩人的胸口劇烈起伏著。蕭愷帆惡狠狠地瞪著金在絢的臉，好像恨不得把他的整張臉皮撕下來。而金在絢只是冷漠地站在一旁，看著對方張牙舞爪的模樣。他的手垂在身側，手臂上的青色血管明顯地突起。

程喬恩的目光落到他剛才刻意強調的鞋子上。原本應該是純白的 Air Force，現在上頭已經多了不止一個鞋印。

程喬恩的背包疲軟地躺在他的腳邊，孤零零的，像是被人戳破的氣球。就和他的主人一樣，被人遺忘在一旁。

蕭愷帆和許宣豪從他身邊走過；當蕭愷帆跨過他的身體時，腳尖還狠狠地踢中他的小腿。程喬恩忍不住發出一聲嗚咽。

他不懂。或許是因為他的大腦還沒有獲得足夠的氧氣和血液，他只覺得一團混亂。

這是他和他們一起上的第一堂課，他甚至還不知道他們叫什麼名字——他們為什麼要這樣對他？

程喬恩順著聲音的方向看去。金在絢的手中提著他的背包，正舉在他面前搖晃。

「這是你的？」

「呃……對。」程喬恩說。

金在絢對他伸出一隻手。「小心一點。」他說。「別把血滴到我的制服上。」

程喬恩猶豫地看著他的手；他的指關節有點紅腫。

這個人看起來沒有惡意。至少，他剛才幫助他擺脫了那幾個學生的糾纏，沒錯吧？

男孩看著他的臉寫滿了不耐。

「你到底要不要起來？」他沒好氣地催促。

程喬恩嚥了一口口水，抓住金在絢的手掌。

他的手很大，手心很溫暖，和程喬恩的正好相反。程喬恩忍耐著頭暈目眩的感覺，從他手中接過背包。

「呃，對不起。」程喬恩說。「我不是——」

但是金在絢沒有等他說完。他只是轉過身，遠遠地跟在蕭愷帆與許宣豪的後方。

程喬恩用手背抵住自己不斷滴血的鼻孔，打量著金在絢的背影。

這正是他想盡辦法遠離其他人、將自己藏在只屬於他的世界中的原因。

這一切對他來說都太難了，關於人這件事。

在家裡，他從來不知道要怎麼和爸爸相處；在學校，他也不知道要怎麼與其他同學相處。

人們只意味著意外、麻煩和痛苦。

人類是一門學科，但程喬恩從來沒有學會過。

明日，
陽光
依然絢爛

第二章 「新來的」

金在絢不喜歡惹麻煩——他指的是他無法收拾的那種麻煩。例如告訴別人太多關於自己的私事，或是交太多與他親近的朋友。或是在學校裡做些會導致他被人貼上標籤的怪事，像是每天扛著漫畫來上課，或是在學生餐廳裡和同學們下西洋棋之類的。

對他來說，和人類產生太多的接觸，就是麻煩。人們只會帶來困擾——金在絢看過太多個因為人際關係處理不當，而把自己的生活弄得悲慘不已的例子。所以他通常習慣和人保持一小段距離，就算是他認識最久的朋友也一樣。那是只有他自己知道的距離，細微得幾乎沒有人會發現。

至於和蕭愷帆打架——這可不算是無法收拾的麻煩。真要說的話，他只是不在乎罷了；而且看著蕭愷帆被他氣得像是要中風的樣子，對他來說還算是某種程度上的娛樂。

他覺得他這輩子已經看夠蕭愷帆囂張的嘴臉了。就讀這種體制相對封閉的學校，其中一個缺點，就是無論你小時候做過什麼笨事，學校中總有那麼一兩個人會記得。

他還記得蕭愷帆小學時，那副瘦得皮包骨、身材又弱小不已的模樣。但是金在絢不確定他是從什麼時候開始變成現在這樣的：渾身肌肉、幾乎比他還要高大，而且總是帶著一副用鼻孔看人的嘴臉。

金在絢七年級的時候，因為爸媽的工作關係，回去美國住了一年，在那邊的中學唸了兩個學期。而當他回來時，他幾乎不認得那個蕭愷帆了。這個聲音沙啞的大塊頭，到底是誰啊？

也是從那個時候開始，金在絢才意識到，在他離開的那一年裡，他印象中的學校生態已經改變了。新的圈子已經形成，而他不確定自己喜不喜歡這種改變。

現在，坐在校長室內的扶手椅上，金在絢再度瞥向那個可憐兮兮的新生。他的鼻孔下方糊著一片乾掉的血跡，下巴和衣領上也是。此時，新生正垂著視線，看著自己放在大腿上的手指。他的身體緊貼著椅背，襯衫鬆垮地掛在他的肩膀上，單薄的身形看起來幾乎像是營養不良。他的一頭深色捲髮，如果經過整理，看起來或許會很不錯——但此刻，他的頭髮只是頂在頭上的一坨亂毛，其中一撮落在他的眼前，但他似乎沒有意識到。

嗯，他的臉上就寫著「獵物」兩個字。從他弧度平緩的眉型、精緻的鼻梁線條，到他淺色的嘴唇和光滑的下巴——還有他那雙眼睛。他的眼睛就像是一隻受驚的小鹿，大而明亮，被一圈粗濃的睫毛圍繞。而根據後來金在絢對蕭愷帆的理解，這正好是他最討厭的樣子。

美麗、陰柔，像女孩子一樣的樣子。

話說回來，光是他身為「新生」的事實，就足以讓他成為蕭愷帆針對的對象了。他們的小社會通常只會有人離開——回去美國、回去英國，或是其他金在絢還沒有去過的歐洲國家。但是很少人會中途加入。

他的出現，本來就會破壞現有的平衡。

「就算是你爸爸在學校的地位，我們也不能容許你這樣的行為，蕭愷帆。該適可而止了。」校長這樣說道。

聽見校長的聲音，金在絢忍不住微微一皺眉。他究竟盯著這個傢伙看了多久？

金在絢轉向校長，勉強壓住自己翻白眼的衝動。

對啦，這就是她所謂的「不容許」——把蕭愷帆叫進辦公室裡、裝模作樣地教訓個兩句，讓她能向其他學生交代。然後她就可以繼續接受蕭先生對學校進行的大筆捐款，不用擔心把學校最大棵的搖錢樹給趕跑。

校長身後頂天立地的大書櫃上，就在最顯眼的位置，擺了一幅她與總統握手的合照。一旁則擺著一份精裝裱框的證書，上頭寫著「年度最佳高級教育機構」。天知道這是從哪方面得出來的評價。金在絢在這裡就讀的時間之中，他只能說，如果做為社會觀察實驗室，那麼這間學校是真的滿優秀的。

「我什麼都沒做，校長。」蕭愷帆說。「是金在絢先攻擊我的。」

一旁座位上的程喬恩動了動，撐起身子，似乎想要說點什麼，隨後又洩氣地倒回椅背上。但是似乎沒有注意到縮在椅子一角的他，儘管技術上來說，他才是整起事件的主角。

金在絢再度瞥了他一眼，然後和男孩的視線短暫地交會了一秒。

程喬恩的雙眼仍然像某種驚嚇的動物，眨也不眨地看著他。然後校長的聲音便把金在絢的注意力給拉走了。

「金在絢。」校長轉向他。

好吧，該來的總是會來的。金在絢調整了一下坐姿，讓自己更舒服一點，準備迎接長輩的訓話。

「我不知道你是崇尚暴力的那一派。」她對金在絢挑起眉。「你的表現一直都很好——而且你們兩個明年都要畢業了。我希望你能更自重一點，不要在自己的紀錄上留下汙點。」

「對不起。」金在絢用自己最像個好學生的語氣說道。他甚至快速眨了眨眼睛，盡可能對校長露出無辜的眼神。「真的，校長。但是我聽見蕭愷帆對別人說了一句話，我覺得這句話不太符合您的教育方針。」

聞言，校長挑起眉。「什麼話？」她問。

蕭愷帆轉過頭，像是想要用眼神把金在絢釘死在牆上。噢，不。他可不吃這一套。這種威脅也許對學校裡比較弱小的學生有用，但金在絢不屬於那個範疇。

金在絢微微一笑，對校長說道：「他說：『我不會說小娘炮的語言。』我不知道是不是我聽錯——」

「我沒有！」蕭愷帆立刻打斷他。「他就是滿嘴幹話，校長。我——」

「注意你的用詞，蕭愷帆。」校長警告道。

蕭愷帆鼻孔裡吐出來的氣息，大聲得使金在絢聯想到《動物星球頻道》中的羊駝。

「對不起。」他咬著牙說。那可不是道歉的人該有的口氣。「但是校長，是程喬恩先推我，我才會還手的。」

他從來沒有聽過比這更愚蠢的謊言。金在絢這次真的忍不住翻了個白眼。根據他的目測，蕭愷帆的體重大概是程喬恩的三百倍。就算程喬恩真的推他，會跌倒的人也會是那個可憐的菜鳥。

程喬恩再度從椅背上挺起身子。「我沒有。」他的聲音有點顫抖，蒼白的臉頰微微泛紅。「是他們想要搶我的書包——」

「屁啦，你的書包現在就在這裡不是嗎？」蕭愷帆轉過頭，對他嘶聲說道。「誰搶你的東西了？」

程喬恩的身體瑟縮了一下，肉眼可見地發起抖來。金在絢抿了抿嘴。他真的不喜歡惹麻煩，因此他認識蕭愷帆的這十年之間，大多時候，他都與對方保持著和平的距離——當然，只有少數幾次，當他們的道路產生交集的時候例外。

此時，儘管不是金在絢自願的，但看來他們的道路再度產生了交集。他嘆了口氣。

「我還沒瞎，蕭愷帆。」他插嘴道。「我親眼看見許宣豪拿著程喬恩的書包往他臉上甩。還是那是我出現幻覺了？」

「我沒有！」坐在蕭愷帆另一側的許宣豪立刻大叫起來。

「你有證據嗎？」蕭愷帆回嘴。「有人可以證明嗎？你根本一開始也不在場，白痴。」

金在絢對他聳起一邊的眉毛。「你還是小學生嗎？你等一下要怎樣，打電話跟你爸告狀？」

「好了，夠了。」校長喝止道。「如果沒有的話，你們現在也不會坐在這裡了，對吧？我對你們的期待不只是這樣——我以為你們都更聰明一點的。」

「可是——」許宣豪又嘗試了一次。

校長對他舉起一隻手。

金在絢得意地看著許宣豪挫敗的模樣。這傢伙就只是蕭愷帆的一個小跟班罷了，如果要問他的話，金在絢記得，以前他們根本連朋友都算不上；在金在絢回去美國的那一年中，他們在某一刻成為了結盟的關係，但金在絢不太確定。

真要說的話，金在絢只感到可惜，剛才他沒有機會趁機也多打這個傻子一拳。

最後，校長終於把視線轉向縮在椅子裡的新生。

「程喬恩。」她說。「我知道你是這學期才加入我們的新生。我也知道現在才剛開學，一切都還很新鮮、很陌生。這對你來說一定不容易——搬家、融入新環境，你也需要時間適應。但是你要知道，不管在什麼狀況下，有教養的人都是不會動手的。」

蕭愷帆當然也不會輕易放過他的名字了。程喬恩，他不知道這個孩子的爸媽究竟是用什麼心情為他選擇了這個名字，但是用一個女演員的為自己的兒子命名，聽起來簡直就是某種惡趣味。

或許是聽見金在絢忍不住發出的輕笑，程喬恩又往他的方向瞥了一眼。

「可是我……」程喬恩開口，又一咬嘴脣，把話嚥了回去。

看著蕭愷帆鐵青的臉色，不知道校長這番話究竟是有意在影射蕭愷帆的教育水準低落，還是她沒有意識到自己不小心把所有人都罵了進去。至於金在絢自己，嗯，還是老話一句。他不在乎。

他不在乎這個老巫婆怎麼說，或是怎麼看待他。事實上，他不在乎任何一個人怎麼看待他。他知道自己在幹麼——這才是唯一重要的觀點。截至目前為止，金在絢都滿喜歡自己的生存哲學的。

「聽見我說的話了嗎？」校長的視線一一從他們四人身上掃了過去。「你們四個都是。我很不想這麼做，但下一次，我就必須要通知你們的家長了。」

「聽到了。」金在絢用幾乎像是在唱歌的口吻說道。

「好。」程喬恩囁嚅地說。

「好啦。」許宣豪勉強說道。

最後，蕭愷帆才不甘願地拖著嗓音說：「是，聽到了。」

「很好。」校長說。「希望我們短時間內都不要再見面了——最好在你們的畢業典禮之前都不要。」

但是妳顯然不介意多見到蕭愷帆的爸爸幾次吧，金在絢在心裡想道。

他知道家長會的辦公室就在校長室的樓下，而那裡總是會有對學校出錢出力的父母們在進出。蕭愷帆的律師爸爸顯然不會有時間一直待在那間辦公室裡，但是他確信，蕭先生和校長見到面的次數也不會少。

光是她所提到的畢業典禮，就不知道又有多少錢會是蕭愷帆家拿出來的。

金在絢忍住自己對校長翻白眼的衝動，抓著自己放在腳邊的背包，從椅子上站了起來。程喬恩猶豫了一下，有點怯懦地跟上他的動作。

椅子向後滑過鋪著厚重地毯的地面，幾乎沒有發出任何聲音。

就在他們準備離開校長室的時候，金在絢聽見校長在他們身後說道：「蕭愷帆，我是認真的。你得收斂一點。」她的聲音含有警告的意味。

蕭愷帆只是發出一聲含糊的哼聲，然後低聲說了一句什麼。金在絢沒有聽見，但他也不太感興趣。

金在絢推開校長室的門，往一旁站開。「你先請。」他對著走在身後的程喬恩說道。

他突如其來的一句話嚇得程喬恩跳了一下，愣愣地看了他幾秒。不知道為什麼，程喬恩的表情看起來就像是某種被人類發現的野生動物，驚慌而呆滯。

嗯，好吧。他不得不承認，這張臉確實是滿好看的。或許稱不上帥氣，但是絕對算是漂亮。

金在絢皺了皺眉，微微瞇起眼。他到底在想什麼啊？

他的視線快速掃過程喬恩的面孔，最後停留在他臉上的血跡。「你知道，你最好趕快去一下保健室。」

「對，呃，我知——」

程喬恩的臉頰泛著淡淡的紅暈，但他還來不及把話說完，就被後方的人打斷了。

金在絢還來不及阻止自己，他的身體本能地向前踏出一步，將一隻腳踩到程喬恩與走過來的蕭愷帆之間。

「不要在這擋路。」蕭愷帆的聲音說。「有人要準備去上課了」

「沒什麼教養的人，確實是滿需要去上課的。」金在絢輕盈地說道。他就賭蕭愷帆不敢在校長室裡對他做任何事。他一手撐著門，讓程喬恩從他身前擠過。然後他鬆開手，任由門打中蕭愷帆的肩膀。

當金在絢聽見蕭愷帆低聲咒罵的時候，他忍不住露出滿意的微笑。

＊

午休時間，金在絢在學生餐廳前和溫志浩會合。

「我聽說你被叫去校長室了。」溫志浩一手勾住金在絢的脖子。「剛剛很慘嗎？」

「我？你是不是上課睡到頭暈了？」金在絢推了他一把。「我怎麼可能會惹上麻煩？」

溫志浩懷疑地打量著他。

「真的嗎？我還聽說你打了蕭愷帆一頓。」

金在絢撇了撇嘴角。這也是他最討厭這間學校的一個部分——它傳遞八卦的速度。還有八卦嚴重的偏誤程度。

「好吧，這部分就是屁話了。」他說。「我只是打了他一下。就一下而已。後面的其他部分，我覺得算是扯平吧。」

「我以為我們已經講好，不要和蕭愷帆扯上太多關係了。」溫志浩看了他一眼。「他就代表著麻煩，記得嗎？」

「我沒有啊。」金在絢咧嘴一笑。「是他自己送上門來的。」

「嗯，但你可以選擇不要回應啊。」溫志浩說。

金在絢翻了個白眼。「才不要。那個人就只是個白痴。我為什麼要讓他這麼好過？」

「因為他爸會上門來找校長？」溫志浩建議道。

「就算他爸直接跑到我家，我也不在乎。」金在絢回答。「那是我爸媽要負責的問題。」

溫志浩推了他一把。「閉嘴啦，你知道我的意思。」

「我知道啊。」金在絢對他露出燦爛的笑容。「我只是不想聽。」

溫志浩大笑起來，用力勾住他的脖子。

兩人一起往學生餐廳裡移動，與從校園中四面八方聚集過來的學生融為一體。這間高中的學生餐廳就像是一個縮小版的體育館，有著圓形的頂棚，裡頭的空間廣闊，就是為了能夠容納幾百名學生。

但不得不說，金在絢每次在進入餐廳的大門之前，都要先屏住呼吸，才不會被裡頭青少年的汗臭與食物混合的氣味給一口氣薰死。

幸好他不用再忍受臺灣的天氣太久了。等到他畢業，他就要離開這個鬼地方了。

這也是金在絢決定不要與太多人深交的原因之一——如果他在高中畢業後就要離開臺灣，那麼交朋友的意義又是什麼？

在他隨著爸媽去美國度過的那一年，他就體驗到這一點了。那是他第一次發現，原來只需要把他從一個環境裡拔掉，所有的關係就會產生前所未有的變動。

他在美國交到了新的朋友，卻逐漸與臺灣這裡的朋友失去了聯絡。當他一年後，帶著變高、變壯的身體，還有更強烈的美國口音回來時，迎接他的並不是「他回家了」的歸屬感，而是「有新人加入」的生疏。

那些他依然能喊出名字的友人，見到他時眼神裡一閃而過的陌生之情，並沒有逃過他的眼睛。

只有溫志浩是例外。金在絢，當時的溫志浩咧開嘴，用正在變聲期的彆扭嗓音喊了他的名字，然後伸手緊緊勾住了他的肩膀。

他和溫志浩認識超過十年，從幼稚園的時候就開始了。或許是因為他們都有著臺灣以外的第二個國籍——溫志浩遺傳到了媽媽的紅棕髮色和綠色的眼睛——他們兩人幾乎是一拍即合。幼稚園時期，他們兩人就已經會用英文說一些別的孩子聽不懂的話，然後自顧自地笑個不停。

後來他們又一起進了美國學校，一直到現在的高中，他們幾乎都和同一群學生們在一起長大。每個人都是彼此的國小或國中同學，而每個人幾乎也都會在畢業後離開臺灣，去其他國家生活。

他們的人生就像許多條糾纏在一起太久的線，而最後他們都會迫不及待地要擺脫這種束縛。

就某方面來說，在這所學校裡，註定就不會存在真正持續到未來的關係。

但是溫志浩不太一樣。他已經有點習慣這個總是過分活躍、有點傻氣的朋友在身邊打轉了。和溫志浩保持友誼並不困難。不知為什麼，儘管他們分別在地球的兩端一整年的時間，他和溫志浩之間的友情，似乎沒有因此而中斷。在他回來臺灣後，溫志浩和他又自然而然地恢復成原本的樣子——就好像他從未離開過似的。

至於其他人呢？不了，謝謝。太麻煩了。

金在絢和溫志浩往他們平常的座位前進。那裡已經和往常一樣聚集了幾個學生，當他們看見兩人時，其中一個女孩便舉起手，興高采烈地對他們揮舞。

腳下的瓷磚，不知道是因為清潔劑，還是因為有人打翻了飲料，踩在腳底下有一股黏膩的觸感；放眼望去，餐廳裡的座位早已被一群群的學生占據。供應食物的餐臺靠在餐廳沒有窗戶的左側牆面，此時還有一排學生，正在排隊準備取餐。

金在絢把背包放下，還在盤算哪一個餐臺可以讓他更快拿到午餐，這群朋友便開始詢問起他被叫進校長室裡的事情。

比起「他的朋友」，這些人更像是溫志浩的朋友。在他從美國回來之後，溫志浩便把金在絢拉進了他的圈子裡：這也是在他離開的這一年中產生的新安排。他們已經不再是原本的二人組了，現在的他們，是一群由四個男生和一個女孩所組成的團體。

但是他們都是好人，在溫志浩第一次把金在絢拉到午餐桌邊，和他們一起吃飯的那一刻起，他們就理所當然地把他視為群體裡的一分子，好像他一直都是如此似的。

此時，金在絢正在考慮自己究竟該輕描淡寫地唬弄過去，還是加油添醋地把蕭愷帆講成天字第一號大白痴，距離他們最近的窗邊，突然傳來一陣騷動。金在絢聽見一聲尖叫，接著是一群學生們七嘴八舌的說話聲。

「那邊怎麼了？」團體裡唯一的女孩謝薇娟好奇地伸長脖子，往窗戶的方向看去。

「又有人在搶桌子了吧。學校最應該做的事，就是擴大這間該死的小餐廳。」溫志浩說。「好吧，我餓了，所以我要——」

把幾百個學生集中在一間學生餐廳裡，就像是把太多隻猴子關在同一個觀賞園區裡。他們總是要為了自己的生存空間而戰的。

金在絢順著謝薇娟的視線方向，轉過頭去。

不過當他認出騷動的中心時，有那麼一瞬間，金在絢不知道他該不該抱持著看戲的心情來看待這一切。

只見今天稍早，才和他一起坐在校長室裡的程喬恩，正站在一張桌子邊。他抬著頭，和站在他面前的幾個學生對峙。而那幾個學生，毫無疑問，當然又是蕭愷帆與他的幾個傻子朋友。

嗯，金在絢不確定這究竟是程喬恩的不幸，還是他只是無法記取教訓。校長說，程喬恩是剛從其他學校轉學過來的新學生。所以，看在上帝的份上，他是怎麼有辦法在短短的半天時間裡，招惹蕭愷帆兩次的？

「真是白痴。」金在絢喃喃說道。

「你認識他嗎？在絢。」謝薇娟問。

「嗯，算是吧。」金在絢回答。「我會進校長室，算是跟他有關。」

「噢。」謝薇娟發出一聲低低的歡呼。「果然有故事。你幹了什麼好事啊？」

金在絢聳了聳肩。「我就只是拯救了一個落難的公主。沒什麼大不了的。」

「公主？」謝薇娟歪著嘴看了他一眼。「你是不是嗑嗨了，金在絢？」

但金在絢沒有再回答她。

他不太確定自己這麼做是出於什麼動機。

他真的沒有那麼喜歡和校長面對面。

他的腦中回想起程喬恩的側臉，他臉上的斑斑血跡，還有他那雙看起來幾乎像是來自外星球的美麗大眼。他瘦小的身軀站在蕭愷帆面前，顯得更為單薄。

「我馬上回來。」他說。

然後他大步往程喬恩的方向走去。

他從來沒有覺得這間餐廳這麼大過。金在絢用手肘頂開圍觀的學生，引起不少人抗議的叫嚣。但他不在乎。

他看見桌邊坐著一個矮胖的孩子，他面前的餐盤已經翻了過去，他的沙拉和牛奶幾乎全部都落在身上和地上了。金在絢見過那孩子幾眼，但僅止於此。他不知道他叫什麼名字，他只知道他看起來像是還沒開始發育似的。

然後就是站在走道上的程喬恩。只見程喬恩站在走道上，他的深色學生褲上有一片更深的汙漬，還有一點食物的殘渣。金在絢的視線回到程喬恩臉上。那張漂亮的臉已經清除了血跡，他的鼻梁上多了一道膠布。除此之外，程喬恩整個人，看起來比在校長室裡時狼狽多了。

嗯，顯然今天他不帶著被打斷的鼻梁回家，他是不會善罷甘休的。

「——所以，你覺得你是哪一種，菜鳥？」蕭愷帆正在對程喬恩這麼說道。

儘管金在絢站在他身後，他都可以想像蕭愷帆嘲諷的神情。他的口吻讓金在絢好想要往他的後腦勺一拳打下去。

「我只是……」程喬恩的嘴唇抖得就連金在絢都看得一清二楚。「你、你不能……」

嗯，如果他的聲音再更肯定一點，他應該可以把英雄的角色扮演得更好。

金在絢懶洋洋地打量了一下四周，只見許多學生熟悉的面孔圍繞著他，睜大眼睛，像是在看街頭藝人表演似的。但是沒有人出手制止。就和今天早上一樣。

「我『不能』？」蕭愷帆像是不可置信地搖搖頭。「你真的以為校長會把我怎麼樣？白痴。你在這間學校還有很多事要學，新來的。」他往前踏出一步，向程喬恩逼近。

程喬恩的身體瑟縮了一下，整個人像是瞬間矮了好幾公分。金在絢的目光掃過他細長的脖子、纖瘦的肩膀和四肢。此時他的雙眼瞪得又圓又大；他看起來快要尿褲子了。不知為何，金在絢聯想到一隻被商店主人趕到牆角，準備要亂棍痛揍的流浪狗。

金在絢幾乎都要為他感到哀傷了。早上被打過一次，還不夠他學會教訓嗎？

出於某些原因，金在絢清了清喉嚨。這只是舉手之勞罷了，他想。就像幫助迷路的小孩一樣。

他還來不及三思自己的決定，就揚聲說道：「真的嗎？像是什麼？」

蕭愷帆倏地轉過身，當他看見金在絢時，他的臉便因為某些原因而變得扭曲。

金在絢注意到程喬恩的視線。但是一和金在絢對視，他便像是受驚的草食動物般垂下目光。

這孩子到底有什麼毛病？

不過不只是程喬恩，在四周圍觀的學生們也正緊盯著金在絢。學生餐廳裡的空氣好像變得比剛才更為停滯了——好像人們全都停止了呼吸，等著看接下來的發展。就像在等著電影進展到下一幕似的。

「你是怎樣？」蕭愷帆說。他的嘴角一勾，從鼻孔吐出一口氣。「欸，這倒是很奇怪，今天你怎麼一直在我旁邊打轉啊？你從什麼時候變成程喬恩的護花使者了？」

「噢，我也不知道。」金在絢回答。「你從什麼時候變成一個頭腦簡單、四肢發達的人渣了？」

「滾遠一點，金在絢。」蕭愷帆說，一邊威脅地對他舉起一隻手指。

「不然呢？」金在絢不需要他邀請。他往前踏出一步，站到蕭愷帆面前。「你想要和我再去一次校長室嗎？我不介意。這次我會記得拍照當證據的。」

蕭愷帆的臉漲成荒唐的紫紅色。但至少他看來還有一點常識，知道他已經把今天和校長見面的額度用光了。

金在絢耐心地等待著。

兩人的視線在半空中相撞，開始一場角力。但金在絢很有把握，這種事，他從來不會輸。

最後，蕭愷帆從鼻孔呼出一口粗氣。他的肩膀垮了下來，張開嘴，似乎還想說點什麼，但最後決定放棄，只是怒氣沖沖地從他身邊走開。當他們錯身而過時，他的肩膀狠狠撞上金在絢的身體。

不得不說，這還真的有點痛。但是金在絢也不是非常在意。如果問他的話，他只覺得這是自己勝利的證明。

眼看蕭愷帆離開，他的兩個蠢跟班也立刻跟上他的腳步。

金在絢可以聽見身後有人發出一聲嘆息，但他不確定那是因為鬆了一口氣，還是因為可惜。然後，就這樣，停滯的空氣似乎又再度流通了起來，而圍觀的學生們也逐漸散開。

學生餐廳再度恢復原本忙碌而嘈雜的樣子。金在絢的視線回到程喬恩臉上。

只見程喬恩還一動不動地站在桌邊，打量著他。不知為何，他的眼神使金在絢的心底產生一股無法指明的搔癢感。

他皺了皺眉頭，瞥了一眼坐在桌邊的另一個孩子，正在徒勞地用紙巾擦著自己被浸溼的褲子。

簡直就是一場鬧劇。

「喂。」金在絢對程喬恩說。「你在看什麼？」

「呃。」程喬恩眨了眨眼，好像這時才意識到自己的視線。他垂下眼皮，用睫毛遮住大半的眼睛。「對不起。我不是故意——」

「嗯，當然。」金在絢說。「我猜你專找蕭愷帆的碴，也不是故意的。」

「可是，我沒有。」程喬恩囁嚅地說。金在絢得努力豎起耳朵，才能在嘈雜的人聲中聽見程喬恩的嗓音。「我只是……他打翻了周以樂的餐盤，所以我……」

周以樂？金在絢不確定自己有沒有聽過這個名字。

金在絢看向另一個畏縮的男孩。他看起來比十年級的新生還要年幼好多，真的有十五歲嗎？

「所以你就決定要當英雄。」金在絢挑起眉。「我以為一般人被打到頭破血流了之後，就會多長一點腦子了。」

程喬恩垂下頭，看著金在絢身後某處的地板。他的臉頰泛著紅暈，鼻梁上的繃帶似乎滲著血絲。

做為他在這所學校的第一個學期，他看起來實在太悲慘了。

他看著程喬恩的臉，心底湧起一股很不好的預感。他無法明確說出那究竟是代表什麼。但是，噢不，這很不妙。

於是金在絢決定，一如往常地避免麻煩。

「好好享受你的午餐吧，程喬恩。」他說。

然後他轉身離開。

明日，陽光依然絢爛

第三章　定位

﹁那個救了我兩次的人。他是誰？

我想相信他是個好人；他感覺真的很好。但是這個世界上，會有這麼好的事嗎？

有時候我感覺，我好像是一個人在對抗這整個世界。媽媽也是一個人在對抗這個世界。我們是站在一起、卻完全分開的兩個人。

我不知道他是誰，他也不知道我是誰。他為什麼要幫我？﹂

媽媽說，他該好好感謝金在絢。

頂著鼻梁上的繃帶回到家後，當天晚上，程喬恩當然逃不過媽媽擔心的追問。畢竟這是他進到新學校的第一天，他就頂著一張受傷的臉回家，他想，做為一個母親，她當然會擔心的。

程喬恩知道媽媽很辛苦：她才打完離婚的官司、帶著程喬恩離開他們以前住的縣市、又搬進了這間新的公寓裡。她才剛找了新的工作，在商圈的某一間服裝店上班。媽媽的工作是排班制，所以過去兩個星期，程喬恩一天甚至見不到她幾小時。

他知道媽媽是透過朋友的協助，才有辦法把他轉進這間美國學校裡。他只是在暑假期間參加了一次轉學考試——他甚至不知道那到底是不是正式的入學考試。他也不知道自己究竟考得怎麼樣。在那之後，他得到的下一個消息，就是他已經成功入學了。

他知道這個機會很難得。

他知道媽媽很清楚，他在前一間學校過得很辛苦。讓他進入美國學校，是媽媽的一個嘗試，也許在校風更自由、更強調個人發展的環境裡，程喬恩就能有更多喘息的空間。

但是程喬恩現在不太確定這件事究竟是不是真的。

直到他站在廚房流理臺邊，一邊看著媽媽吃下班後的第一餐（一碗自己煮的湯麵），一邊盡可能輕描淡寫地描述自己在新學校的經歷時，他都還有點無法相信，他今天不但進了校長室，還差點被人打斷鼻梁。

「你需要我幫你打個電話嗎？跟學校裡的誰說一聲？」媽媽皺著眉，打量著他的臉，抬起手、似乎有點想要碰他的臉，但最後又放回了桌面上。
「不用。」程喬恩搖搖頭。
他不想要自己無聊的小事成為媽媽的新煩惱。
其實程喬恩不確定，其他和他有相似狀況的孩子，是怎麼和媽媽相處的。他們會和媽媽站在同一陣線、對抗「爸爸」這個共同的敵人嗎？還是他們會像程喬恩這樣，將自己裝進一個小小的保護殼裡，試著將自己縮得更小、更不起眼，以免他成為大人戰爭中的受害者？
而他的筆記本，就是這一切的堡壘。好像只要打開書頁，拿起一支筆，外界所有的聲音，就全部都消失了似的。那些他沒有對媽媽說的話，他選擇全部寫在筆記本裡。
程喬恩並不怨恨媽媽；不，他只是不知道要怎麼樣，在已經知道媽媽壓力夠大了的情況下，還把自己的事情塞到媽媽身上。
他可以照顧好自己——或多或少吧。
至少他在學校時，他可以利用過去在家裡學會的技巧：把自己藏起來，隔絕在世界之外。只要不和那些人接觸，他們就不能傷害他了。
面對媽媽的關心，程喬恩只是說，他不小心被同學的打架波及。
「但是有人幫了我的忙。」為了讓媽媽放心，程喬恩補充道。「他人很好。」
他不止幫了他的忙。金在絢在一天之內，就救了他兩次。

只是他不確定這個人是基於什麼原因出手相助。畢竟他們兩人素昧平生，而程喬恩不知道，當一個人沒有條件地幫助你的時候，你應該要拿什麼東西去還。

「嗯，那你一定要和他說聲謝謝。」媽媽說。「他感覺會是個好朋友。」

「對。」程喬恩說。「應該是吧。」

他是該跟金在絢道謝。他只是不確定「朋友」這回事。

＊

隔天午餐時間，程喬恩來到和周以樂的同一張桌子。

這種在學生餐廳集體用餐的模式，對程喬恩來說依然很陌生。從小到大，他都習慣了在自己的座位上，吃學校訂的營養午餐。昨天，他一開始甚至不知道學生餐廳在哪裡。不過，後來他發現自己多慮了；因為午餐時間一到，全校的學生就像是被牧羊犬驅趕的羊群似的，全都往同一個地方湧了過去。程喬恩就讓人群夾帶著他前進。

今天，學生餐廳裡吵雜的人聲，雖然沒有像昨天那麼令他震驚，但他還是在餐廳的門口、靠近垃圾桶的地方站了一下，等到他的耳朵適應了各種尖叫、笑聲，還有杯盤的碰撞聲之後，才開始小心翼翼地在人群中穿梭。

學。

或許是因為昨天的鬧劇，蕭愷帆沒有再出現找程喬恩的碴。他甚至和周以樂簡單地聊了一下天，然後發現周以樂只有十二歲，是個跳級生，今年才剛入學。

儘管他們的對話不多，但程喬恩很快就發現，他和周以樂之間有些共通點：他們都不知道要怎麼和其他人交際。對他們來說，交朋友比任何一堂課都難。

周以樂的笑容很天真，臉頰和身材都圓滾滾，讓程喬恩聯想到壁畫中會出現的那種小天使。

「今天上課的時候。」周以樂一邊對他說，一邊往嘴裡塞進一大口蔬菜咖哩飯。「大家都在說，昨天有人被蕭愷帆打斷鼻子了。」

他懷疑地盯著程喬恩的鼻子。

「他們說的該不會是你吧？」

「我不知道。」程喬恩聳聳肩。他不知道自己的回答，周以樂究竟聽不聽得見，但他還是說了：「因為我的鼻子沒斷。打我的人也不是他。」

但是這句話讓周以樂笑了起來，眼睛彎成兩條弧線。「哈，你好幽默。我喜歡。」

周以樂甚至還沒有變聲。他的笑聲清脆而響亮，讓程喬恩覺得自己好像說了某個真的很好笑的笑話。

他用湯匙攪著自己眼前的不鏽鋼碗。不知道為什麼，學校餐廳提供的餐具，一直讓他聯想到電視劇的監獄裡會出現的道具。

「你也認識他嗎？」他問。「那個蕭愷帆？」

「呃，算是吧？」周以樂說。他的嘴角沾到一塊咖哩的汙漬，但他似乎沒有意識到。「我是說，如果都是同一個小學和國中的人，應該沒有人不認識他。」

程喬恩點點頭。

這是他不太懂的另一個部分。他知道這種學校處於一般升學的管道之外，他們有著自己的一套系統，甚至從幼稚園就開始了。但是那種每個人或多或少都認識彼此、從小學就是同學的人際關係網，令他有點困惑。

他無法想像，如果他從一年級開始，就和以前那些會捉弄他的人是同學——直到現在十六歲，經過整整十年的時間，他的人生會是什麼模樣。

以他的角度而言，他很感激小學每過兩年就會重新分班一次，國中和高中又都有重新來過的機會。那讓程喬恩覺得，自己每一次都能嘗試用不同的一面來面對周圍的人，就像玩遊戲失敗後，有重新載入進度的可能性。只是，他還是學不會要怎麼把這個遊戲玩好。

「啊，不過你是轉學來的吧。」周以樂說。「所以你不知道他是誰，也是可以理解啦。」他傾身向前，像是在說什麼祕密般，對程喬恩壓低聲音說道：「但是現在你知道了。」

聽著周以樂用小朋友的聲音，對他說出這種陰謀論般的話語，讓程喬恩感到有點失調。另外，他也對八卦傳遞的速度之快，感到震驚不已。

他對這些人全都還一無所知，但是他們似乎已經都知道他是誰了。究竟有哪些事情會在學生之間傳播，又會傳得多遠？

用完午餐後，程喬恩抓著自己的背包，和周以樂道別，提早離開了餐廳。他還需要熟悉學校的布局——跑班制的上課方式，使他每一節下課都戰戰兢兢，深怕自己找不到下一堂課正確的教室。

上課鐘響時，其他在走廊上打發時間的學生們，便開始往各間教室前進。程喬恩站在教室對面的牆邊，等著其他學生魚貫進入前門，一邊小心地觀察著每個人的臉。

這堂課是各年級混選的西班牙文，如果蕭愷帆也在這堂課上，他希望自己能先發現他的存在。

幸好蕭愷帆的身影，自始至終都沒有出現在學生之間。程喬恩的一顆心稍微放下了，跟在其他同學身後，走進了教室中。

一排排的綠色桌椅之間，只有狹窄的走道。教室前方是一片巨大的數位白板，此刻已經開好機，正停留在待機畫面。教室靠窗的牆面和後方的牆壁，都有著及腰高的書櫃，裡面擺滿了各種西班牙文的讀物。

對這間學校的很多人而言，西班牙語或許只能算是第二外語，如果他們的母語同時包含中文和英文的話。

但程喬恩不是。他只是一個普通的孩子，只是誤闖這個陌生世界的局外人罷了。

除了程喬恩之外，大多數學生都有平時習慣的座位。程喬恩在大多數人都準備就座時，才開始尋找可以讓他藏身的角落。他看見了最靠近窗邊的書櫃旁，第一排還有一個空位。

程喬恩來到木椅旁。坐在他隔壁一道的學生只是瞥了他一眼，接著就低頭看起自己的手機。

程喬恩更寧可沒有人注意他，他一顆懸著的心緩緩放下了。他把背包掛在桌子側邊的掛鉤上，打開拉鍊，拿出裡頭的筆記本和鉛筆。他總是會準備兩本筆記本——一本是上課用的筆記本，而另一本，嗯，那是他用來記錄自己大腦的筆記本。

記載著程喬恩的小世界的筆記本。

「你知道，你坐在我的位置上了。」

程喬恩倏地抬起頭，看見金在絢面無表情的臉，正挑著眉看他。

「呃，對不起。」沒有人告訴他；剛才看他一眼的隔壁學生，也沒有提醒他，這個位子已經有主人了。

看見金在絢的臉，使程喬恩感到渾身不自在。他立刻垂下眼皮，急急忙忙地想從位置上站起來。但金在絢只是彈了一下舌頭，一手把他按回椅子上。

「誰叫你換位置了？」

程喬恩瞥了他一眼。只見他的嘴角露出一個淺淺的微笑，微微上翹的眼尾因為笑容而出現幾條細紋。

「坐。」

「可是——」

「我叫你坐。」金在絢不耐煩地打斷他的話。然後他轉過頭，對著程喬恩右手邊的學生說。「介意換個座位嗎？我的新朋友需要有人為他翻譯一下西班牙文。」

「呃，我……」程喬恩囁嚅地開口。

金在絢像是沒聽到似的，轉過身，看著對方。只見那個孩子把手機塞進褲子口袋裡，嘴裡嘀咕了兩句，但還是配合地從椅子上站了起來。

「感謝啦，兄弟。」金在絢用英文說道，拍了拍他的肩膀，但從那學生平淡的反應來看，他和金在絢根本就稱不上是朋友。

金在絢自顧自地笑了起來，在位子上坐下，一邊把自己拿在手上的筆記本和一支鉛筆放在桌面上。

「其實我……」其實我不需要翻譯。程喬恩試著對金在絢說。

但是金在絢還沒有抬眼看他，而程喬恩也還來不及把話說完，西班牙文老師就走進了教室。

雖然程喬恩在前一間學校，也學過一點西班牙文，但這裡的西班牙文課程和前一間學校簡直不在同一個水準上。程喬恩只能勉強聽懂幾個句子裡的單字，像是「昨天」、「已經」，或是「下個月」。其餘的時間，西班牙文老師說的話，程喬恩幾乎完全聽不懂。

專心成了一件不可能的任務。他翻開上課用的筆記本，並把他的另一本筆記壓在下面。

儘管他努力要從西班牙文老師嘴裡辨識出幾個他認得的詞，但一連串無法解讀的外語，聽起來就和外星生物的語言沒有兩樣。他盲目地把老師寫在黑板上的文法規則寫進課堂筆記裡，但他的心思已經遠遠飄向了其他地方。

他再度埋首在自己的筆記本中，繼續用一個個細小的字跡，建築屬於他的城牆。

一陣窸窸窣窣的聲音吸引了他的注意力。他偏過頭，看向聲音的方向。只見金在絢用左手拿著一隻筆，在筆記本上快速地書寫著。他的頭抬也不抬，顯然不是在寫上課的筆記。他在寫什麼？

不，不是寫字。程喬恩認得寫字的手長什麼樣子。他的手腕順著同一個方向移動，先是幾個短促的線條，然後又是一個更長、更平緩的筆畫。

金在絢是在……畫圖嗎？

像是注意到程喬恩的目光，金在絢的動作停了下來，轉頭朝他看了一眼。與他的視線對上的瞬間，金在絢的嘴角微微一勾，露出一個淺淺的微笑。

程喬恩立刻垂下視線，感覺到自己的臉頰一陣發燙，像是做錯事被人逮到似的。

幾秒鐘之後，一個紙團突然從程喬恩的腿上飛過，落到他另一邊的走道上，發出啪擦的一聲輕響。

程喬恩愣了愣，看了西班牙文老師一眼。老師正背對著大家，在白板上用觸控筆寫著字。程喬恩緩緩彎下身，小心翼翼地撿起地上的紙團。

﹝你在看什麼？﹞

程喬恩皺了皺眉。什麼？

他轉過頭，發現金在絢正挑著眉，往他的方向看過來。

程喬恩再度把視線轉向手中的紙條。金在絢的字稱不上是好看——但倒是很像在畫畫。飛舞的線條，把「麼」的最後一個筆畫拉得很長。

程喬恩在紙上寫下﹝沒什麼﹞，捏成一團，然後輕輕把紙團滾到金在絢的腳邊。金在絢低哼了一聲，撿起紙球。

程喬恩看著他攤開紙團，撇了撇嘴角。金在絢再度在上面寫了幾個字，然後往程喬恩的方向扔了回來。這次紙團擊中了程喬恩的大腿，落在地上。

程喬恩正準備撿起紙球，這時，西班牙文老師的聲音卻突然從臺上響起。

「看你們玩得這麼開心。」他用帶著濃濃口音的中文說道，一邊用指關節敲了敲講桌。「金在絢，你要不要告訴我們，在這個句子裡，動詞應該要怎麼變化？」

程喬恩立刻抓起地上的紙條，坐直身子。他垂下頭，盡可能不要讓老師看見他的臉，然後瞥向自己的右手邊。

教室後方有人發出一聲竊笑，但除此之外，整間教室裡寂靜無聲。所有人都在等著金在絢給老師的回應。

只見金在絢嘆了一口氣，抬起眼看向白板。接著他流利地說出一串西班牙文。

他的聲音很響亮，毫不避諱地直視老師，好像一點都不在意自己被指責。西班牙文老師撇了撇嘴，像是很懊惱自己的挑戰失敗。

「你能答得出來，不代表你就可以影響其他人上課。」西班牙文老師搖搖頭。「或者我可以請輔導員把你轉進進階西班牙文的班級。」

「這個就沒必要了，老師。」金在絢用中文回答。「我喜歡你的課。」

「如果你真的喜歡我的課，你就得表現出來啊。」西班牙文老師說。他嘆了一口氣。「而且，請你不要影響其他人學習的權利。」

「是，老師。」金在絢拖長了嗓音說道。

西班牙文老師再度張開嘴，思索了一下後，打消了這個念頭。
「好吧，同學們，現在看這裡。」老師對著全班的學生說道。
程喬恩聽見，右手邊傳來金在絢竊笑的聲音。
西班牙文的課程繼續，而程喬恩只是低垂著眼，專心盯著自己的筆記本。逃過一劫後，程喬恩花了一點時間，讓自己的心跳恢復正常速度，才在桌面下攤開金在絢扔過來的紙團。
〔你又在寫什麼？〕
程喬恩一愣。難道他有發現，自己其實沒有在抄上課的筆記嗎？
他悄悄往金在絢的方向瞥了一眼。但是金在絢的注意力已經不在他身上了。金在絢的鉛筆在紙張上來回移動著，發出輕微的沙沙聲。
於是程喬恩將紙條小心地摺了起來，夾進筆記本的內頁。
金在絢就像是忘記了那張紙的存在，接下來的上課時間，他們兩人都沒有再產生別的交集。
下課鐘響，西班牙文老師交代了作業範圍後，便離開了教室。程喬恩愣愣地看著自己抄下的句型，卻一句也不知道在幹什麼。
他要怎麼辦？學校有讓他加強西班牙文的課後輔導班可以參加嗎？
但是他還沒有好好思索這個問題，他的注意力就被拉走了。一旁的金在絢收拾起桌面上的文具，向後推開椅子，發出刺耳的摩擦聲。

程喬恩抬起頭，心臟怦怦跳著。

現在是最好的時機——如果他要向金在絢道謝的話。如果他錯過此刻，接下來的任何一個時間點，都只會帶來越來越多的尷尬。

「啊，金——」眼看金在絢就要離開座位，程喬恩脫口而出。他的口氣比自己想像得唐突，使他忍不住一陣瑟縮。

聽見他的聲音，金在絢停下腳步，轉過頭，聳起眉看著他。

「怎樣？」

說啊，程喬恩。他在心中對自己喊道。只是說聲謝謝而已，這有什麼難的？

「呃。」程喬恩嚥了一口口水。他的喉嚨感到乾燥不已，難以發聲。「嗯，我只是……謝謝你。」

金在絢皺起眉。

「什麼？為什麼？」

「嗯，因為你昨天幫了我兩次，我——」程喬恩頓了頓。接下來要說的話，讓他覺得自己像個徹頭徹尾的白痴。「而且，我還踩髒了你的鞋。」

果不其然，最後這句話，使金在絢爆笑出聲。

「程喬恩，你滿可愛的。有人跟你說過嗎？」金在絢搖著頭。

他在取笑他。

程喬恩感覺到臉頰的溫度開始上升。他不懂，為什麼金在絢要這樣嘲弄他？他是想要認真向他道謝的。

他突然不確定自己該怎麼繼續說接下來的話。

「嗯，我剛才是說——」

他的舌頭就像打結了一樣，堵在他的嘴裡。

程喬恩絕望地只想把臉埋在手心裡。如果用寫的，這就簡單多了。他們剛剛來來回回地丟了幾次紙球——為什麼他不趁傳紙條的時候寫給他就好了？

他為什麼會這麼笨呢？

「喔，那個啊。」

金在絢擺了擺手，阻止了他的話。

「我不在乎。」他說。「蕭愷帆本來就是個爛貨——用爛貨這個詞來形容還算是便宜他了。我就只是討厭他而已。我對拯救落難的公主沒有興趣。」

小學的時候，每當程喬恩在學校眼眶泛紅，他的同學就會在他身邊轉圈，用〈瑪莉有隻小綿羊〉的旋律來唱著「喬恩是個小公主」的歌詞。

程喬恩從來不知道他要怎麼回應這種奚落。也許，不回應才是最正確的做法。

他很想相信此刻的金在絢沒有惡意——畢竟他確實幫過他——但是不知為何，他卻一句話也說不出來。

看著他張口結舌的模樣，金在絢的嘴角一歪。

「你太可愛了，程喬恩，也太認真了。這只不過是一句形容詞而已。」他抬起一隻手，有點太過理所當然地搭上程喬恩的肩膀，令他反射性地縮了縮脖子。「聽著，我只是看在你什麼都不知道的份上，想告訴你，別當個傻子。」

與金在絢這麼近距離對話，使程喬恩的大腦好像喪失了思考邏輯。他能和金在絢對視這樣幾秒鐘地說話，對他來說就已經是極限了。他再度垂下眼皮。

「我？」

「對，就是你。」金在絢說。「需要我算給你聽嗎？昨天早上，你先被他打到進了保健室，中午就又惹到他了。你到底以為你在做什麼啊？」

「我不是……」程喬恩搖了搖頭，嚥下一口口水。「我沒有。中午的時候，是他來找我們，所以……」

金在絢嘆了一口氣。

「聽著，傻子。」

他的臉往程喬恩的方向湊了過來，微微蹲下身，牢牢盯住他的雙眼。那兩道目光就像是繩索，使程喬恩再也無法迴避。

「想要當英雄、想抵抗惡勢力是一回事。把自己弄死又是另外一回事了，好嗎？」他伸出手，指了指程喬恩的鼻尖。「你的鼻子還不夠痛是不是？」

程喬恩覺得一口氣卡在喉頭，使他沒有辦法呼吸。

「我不……」

但是金在絢沒有等他回答。他放開他的肩膀，向後退開。

「我的下一堂課在另一棟大樓。我不想遲到，所以現在要走了。」他說。

程喬恩愣愣地看著他轉過身，準備往教室門口前進。然後他突然又停下腳步。在程喬恩眼前，他打開自己的活頁筆記本，將其中一頁撕了下來。

「給你。」

金在絢把紙張往程喬恩的手中一塞。

程喬恩呆滯地捏著那張紙，直到金在絢消失在走廊上。然後他低下頭，看向手中那張薄薄的筆記紙。

橫線紙上畫著一個像韓國線上漫畫中會出現的那種角色。男孩消瘦的下巴和肩膀線條有點太過銳利，穿著一身有點過大的學校制服，頂著一頭捲翹而茂密的頭髮，尖尖的鼻頭上，貼著一道白色的ＯＫ繃。但是程喬恩注意到的是，那雙瞥向右下角，有著長長睫毛、大得幾乎不成比例的眼睛，以及微微下撇的眉毛。

這是他，雖然程喬恩懷疑，自己在他眼中，看起來是不是真的那麼像校園漫畫裡的悲劇主角。但是，這毫無疑問地就是他。

紙張的一角用創作者龍飛鳳舞的字跡寫著三個韓文字，程喬恩猜測，那是金在絢的名字。

程喬恩感覺到自己的嘴角，無法抑制地上揚起來。

當他回過神時，他才意識到，教室裡剛才和他一起上課的學生們全都已經離開了。現在只剩下他一個人站在座位邊傻笑著，而教室外的走廊上站著另一群人，正用好奇的目光打量著他。

程喬恩突然感到一陣尷尬。他趕緊把這張紙夾進他的筆記本中，一起收進背包裡。然後他低垂著頭，快步走出前門，迴避走廊上所有人的視線。

第四章　援手

金在絢站在自己的腳踏車前，一時不知道該做何反應。

「靠。」

他很希望自己看錯了，真的——但是他的兩顆輪胎都塌癟到輪框幾乎要貼在地面上了。他絕對沒有看錯。有人弄破了他的腳踏車胎，而且還不只是用針戳破的那種而已——而是用園藝用的大剪刀，將他的胎皮直接剪開。

拜這個混蛋所賜，金在絢現在只能像個白痴一樣地站在車棚裡，看著其他學生從他身邊經過，牽走自己的車子。

只有傻子才會不知道是誰搞的鬼。

好極了。他現在要怎麼辦？

他早就知道蕭愷帆不可能這麼輕易就放過他——那可不是平常在學校橫行

霸道慣了的人會有的作風。金在絢很想說他不懂蕭愷帆為什麼這麼熱衷於找人的碴，好像他沒有別的事情可做一樣。但是，嗯，事實上，他卻覺得自己好像可以理解。

畢竟，蕭愷帆自己曾經也是屬於班級中偏瘦弱的那一群。在他和溫志浩小學時，他們都比蕭愷帆高大許多。但是自從蕭愷帆的身高和身形都像是吹氣球一般快速膨脹起來後，他好像就開始覺得，自己得到了能夠隨意踐踏他人的能力？

但是他總覺得這其中少了一點什麼。要讓一個人從畏縮的小鬼變成到處找人打架的惡霸，需要的可不只是肌肉而已。

話說回來，他也不怎麼在乎就是了。他實在沒那麼想理解人渣的邏輯。

「靠。」金在絢又說了一次。他沒有在說給誰聽，只是說給自己聽。但是其他從他身邊經過，準備牽走自己車子的學生們，好像被他的語調給嚇了一跳，趕緊從他身邊退開。

金在絢忍住自己踢倒身邊一整排腳踏車的衝動，開始盤算自己有哪些選項。嗯，他可以走路回家。那只不過是將近一小時的路程而已。沒什麼大不了的，對吧？

去他的。

或者，他可以打電話叫他媽媽開車來載他。但是此時，他媽媽是不是還在上班？光是想到媽媽在電話那頭的質問，就讓金在絢直接打消了這個念頭。靠。

他回想起自己上星期對程喬恩所說的那句話。你覺得那樣值得嗎？現在同樣的話，他也可以原封不動地送給自己。這樣為程喬恩站出來，值得嗎？

嗯，此時此刻，看著自己癟塌的車胎，金在絢開始覺得有點不值得了。

「嗯……金在絢？」

說曹操，曹操到。金在絢回過頭，就看見程喬恩站在他身後不遠處。他不確定自己現在是什麼表情，但是程喬恩看到他的臉時，就像是看到妖怪一樣，以肉眼可見的動作瑟縮了一下。

金在絢挫敗地吐出一口氣。

「真是太不剛好了。」金在絢勉強擠出一個微笑。「你要回家了？」

「對。」程喬恩小心翼翼地朝他走來，好像在接近一隻隨時有可能攻擊他的野生動物。「發生什麼事了？你看起來……」

金在絢挑起眉。「我看起來怎麼樣？」

「你看起來……」程喬恩頓了頓。「很焦慮。」

「焦慮，對，這個詞用得真好。」金在絢撇了撇嘴角，雙手一攤，對自己的腳踏車打了個手勢。「看到這個了嗎？」

程喬恩好奇的視線順著他指的方向看去，不可置信地眨眨眼。

「那是你的車嗎？」

「不，這是我爸的車。」他翻了個白眼。「廢話，當然是我的車。」

金在絢看著程喬恩有點局促地把重心從一腳換到另一腳，雙手好像不知道要擺在哪裡的樣子。金在絢知道這麼做實在不是很尊重人，但他的視線忍不住從頭到腳地把程喬恩打量了一遍。

自從上星期的西班牙文課後，金在絢在學校都還沒有和程喬恩說上話。他只有遠遠在學生餐廳裡看見程喬恩，有時候也會和程喬恩在走廊上擦肩而過。但程喬恩每次和他的視線相交時，都會像被嚇到似地立刻垂下頭。

這傢伙，到底對於好好看著別人有什麼障礙？

程喬恩鼻子上的ＯＫ繃還貼著，但是他整個人，看起來比上星期落水狗般的狀態要好多了。

最後，程喬恩終於開口。「所以，你要怎麼辦？」

「我不知道。」金在絢承認道。「我猜我可能要打電話請道路救援吧。有人在道路救援腳踏車的嗎？」

「嗯……」

程喬恩欲言又止。他盯著自己的鞋尖，粗濃的睫毛遮蔽了大半的眼睛，在他蒼白的臉上畫出明顯的線條。金在絢看著他捲曲而柔軟的短髮，以及抿成一條線的嘴脣。

他不知道這張臉究竟算不算得上是好看，但是他可以確定一件事，那就是他喜歡這張臉的樣子。他幾乎都想要畫他了。

金在絢在心中咒罵了一聲。這是怎麼回事？這種危險的念頭是怎麼來的？金在絢不該對他產生興趣，或是喜歡，或是其他什麼鬼東西。他不想。

他高中畢業之後就要離開了，他提醒自己。他現在真的不需要新朋友。

「你想說什麼？」金在絢有點不耐煩地說。「嗯，不管怎樣，你可以把話留到我打完電話之後再說。」

聞言，程喬恩的雙眼倏地往他臉上掃了過來。

「不，等等。」他結結巴巴地嘗試了幾次，最後終於說：「我可以載你回家。我是說，我也是騎腳踏車來的……」

金在絢對他挑起眉。

不知道為什麼，剛才那股無處發洩的焦躁感，突然就像是酒精一樣，在空氣中蒸發了。他歪嘴一笑，打量著眼前的男孩。

這個和他只有幾面之緣的新學生，居然想要送他回家？

「這是騙取別人住家地址的最新手段嗎？」

程喬恩的臉紅了起來。

「我只是……我還沒有正式感謝過你。」他低聲說。「所以……如果你不介意的話。」

金在絢盯著他的臉，在腦中重新盤算。如果他讓程喬恩載他回家的話，他就可以開車回來載走他的破車了。這聽起來是個不錯的提議。但是還有一個小小的問題。就程喬恩的身形而言，他可不放心讓程喬恩當操控龍頭的那個人。

「好吧。」金在絢說。「不過你得讓我騎車。我不覺得你可以踩得動兩個人的體重。」

「我可以——」程喬恩咬住嘴唇，硬是把話吞了下去。然後他點點頭。

「好。」

金在絢看著他把自己的腳踏車從車架上拉了出來。程喬恩把車推到他面前，往一旁站開。程喬恩的腳踏車十分老舊，看起來說不定比程喬恩的年紀還要大。金在絢一腳跨上坐墊，轉過頭，看向程喬恩。「你在等什麼？」他說。

「上車。」

程喬恩動也不動地盯著腳踏車的後輪看，雙手緊貼在身側。

金在絢低頭看了看那輛車。他的後輪上裝有兩根腳踏桿，但是沒有供人乘坐的坐墊。好吧……

「幹麼？」金在絢的嘴角浮起一絲不懷好意的笑。「你不敢搭我的肩膀嗎？」

話一出口，金在絢就後悔了。他到底在對程喬恩說什麼？有時候他的嘴會比他的大腦還快，然後他就會說出讓自己來不及收回的話。

所以現在是什麼狀況？他為什麼要和程喬恩開這種玩笑？

程喬恩的臉困擾地皺了起來。

「不，我只是……」

「放心，傻子。」金在絢咧嘴一笑。「我不會咬人的。」

他決定，或許他只是喜歡看程喬恩困擾的模樣。

程喬恩垂下視線，抓緊背包，快步來到金在絢的車邊。他深吸一口氣，有點遲疑地抓住了金在絢的肩膀。藉著這個支撐，程喬恩在腳踏桿上站穩了腳步。他的手指僵硬地抓著金在絢的肩胛，一動也不敢動。

金在絢把視線轉回腳踏車前方的地面上。

幸好程喬恩在他後面，這樣他就不會看見金在絢有點失調的表情。

「你會把我掐死。」為了掩飾這股不自然的沉默，金在絢挖苦道。「放輕鬆。摔不死你啦。」

「好。」程喬恩在他身後輕聲說。

金在絢在心中警告自己，不要回頭看他。程喬恩的呼吸就在他的頭頂上方，他幾乎可以感覺到氣息吹過他的髮梢。

靠。不知為何，他不喜歡這樣。一點都不喜歡。

金在絢騎著車，載著程喬恩來到他家所在的社區大門前。程喬恩撐著金在絢的肩膀，小心翼翼地踏回人行道上。

「在這裡等著。」金在絢對他說。「我進去換個衣服，然後出來接你。」

面對程喬恩略顯困惑的目光，金在絢沒有多加解釋，就走進社區的大樓裡。他爸的一輛舊車就停在大樓地下室的停車場裡，在臺灣時，金在絢偶爾會開這輛車出門——多半是在有爸爸同行的情況下。但是像今天這種特殊狀況，就需要特殊處理。

自從七年級回去美國唸書一年後，接下來的每年暑假，金在絢都會和爸爸一起飛去美國一趟。他就是在那裡學了開車，也在去年暑假順利拿到那裡的學習駕照。嚴格來說，他也不算是無照駕駛，對吧？

至少他知道一件事——如果他不想要被警察臨檢，他就安分守己地開就好了。

回到屋內，金在絢換下會暴露他學生身分的制服襯衫，從衣櫃裡拿出一件合身的灰色襯衫。他的身高配上這件上衣，再加上胸前口袋上的銀色胸針，就會使他看起來更像是年輕的上班族。

他從鞋櫃旁的掛鉤上，拿下屬於那輛舊車的鑰匙，然後搭乘電梯來到地下室的車庫。當他開著爸爸的老休旅車，駛出社區大樓的停車場時，站在人行道上的程喬恩，表情惶恐得令他忍不住爆笑出聲。

他打開副駕駛座的車窗，對程喬恩揮了揮手。

「上車啊。」他說。「不要害我被警衛趕。」

程喬恩看起來十分掙扎。

「可是你……」

「上車。」金在絢命令道。「把你的腳踏車放到後車箱裡。」

程喬恩閉上嘴，把腳踏車拖到金在絢打開的後車箱。金在絢從後照鏡看著程喬恩有點艱難地把腳踏車抬起的樣子，猶豫著自己該不該下車幫忙。但在他做出決定之前，程喬恩就已經來到了副駕駛座的門外。他的臉頰微微泛紅，默默地爬上車。

「出發囉。」

金在絢踩動油門，沿著車道駛上馬路。門口的警衛只是對他揮了揮手，金在絢回給他一個微笑和點頭。當他駛到路口的交通號誌前時，他才注意到程喬恩正目不轉睛地看著他。

「怎樣，你終於不怕好好看著人了嗎？」金在絢說。「還是你沒看過別人開車？」

「對不起。我只是——」程喬恩難為情地轉過頭。他猶豫了一下，然後問：「這是……你的車嗎？」

「當然不是。」金在絢大笑起來。「這是我爸的舊車。本來是我媽開去上班用的，但是現在沒人開了，這輛車就留在家裡啦。」

兩年前，金在絢的爸媽離婚之後，爸爸本來想要把這輛車處理掉的，但是金在絢不讓他賣。

「如果你不想要，不如就以後留給我開。」金在絢這樣對他說。「反正你賣也賣不了多少錢。」

爸爸也沒有跟他堅持，這輛車就一直放在那裡，成為金在絢的練習用車。但他沒有承認的是，他只是想要留著媽媽以前還會載他上下學的記憶。

以前，當爸爸忙於工作，在臺灣、美國和韓國三邊飛的時候，他的生活裡，基本上就只有媽媽。他記得小學的日子很快樂的；但是後來，他才發現，或許快樂的人只有他。

但是這一切，程喬恩不需要知道。

程喬恩輕輕點了點頭。

「我以為……我是說。」他緊張地清了清喉嚨。「我以為你還沒有駕照。」

「我是沒有啊。臺灣的沒有。」金在絢對他露齒一笑。

看著程喬恩驚恐的表情，他忍不住搖起頭來。

「程喬恩，放輕鬆一點。我爸常常帶著我開車。我的技術，搞不好比路上很多人都好得多了。」

「但是這樣是違法的。」程喬恩回答。

「好吧，模範生。也許你也該找你媽學一下開車了。」金在絢翻了個白眼。

「我就只是偶一為之。這是沒辦法中的辦法了。」

程喬恩思索了一下，然後像是決定了什麼般，認真地點點頭。

「我媽自己也不會開車。」他對金在絢露出一個淺淺的微笑。「所以她也沒辦法教我。」

喔，好吧。現在他們要開始閒聊了。金在絢腦中的某個小聲音，又低聲說了起來：金在絢，你不會想要多認識他的。

反正他們也剩不了多少時間。這樣一點意義也沒有。

那麼，他現在開著車，載著這個孩子的行為，又算什麼呢？

金在絢的大腦飛快地運轉著，尋找可以說的話。

「你爸呢？」金在絢說。「我是說，這就是父母要有兩個的原因，對吧？當一個忙到沒有時間照顧孩子的時候，另一個就要站出來了。」

話說到一半，金在絢就感到後悔了。他有這麼多話可以說，他為什麼偏要去提別人的家庭？家庭是個好話題，但也是了解一個人最快的途徑之一。

而他並不想要了解程喬恩。不了，謝謝。

程喬恩咬了咬嘴唇。

「我爸媽離婚了。」他輕聲說。「所以我才會轉學。」

金在絢忍不住錯愕地瞥了他一眼。好極了，現在既然他已經聽見這件事，他就沒辦法假裝這件事不存在。

程喬恩和他有一樣的經歷。他也一樣是父母離異的孩子。突然間，金在絢好像更理解程喬恩整個人的行事邏輯了。

那種不安和彆扭的模樣……金在絢懷疑，在某個平行時空中，這或許也會是他自己的樣子。如果他沒有那麼好面子，如果他沒有用這些包裝來藏住自己當時動搖的內心，他大概也會覺得自己不值得被人重視吧。

他一直以為他的媽媽和他待在一起時很快樂。但是後來他發現，不論媽媽在他身邊有多少笑容，最後都敵不過和丈夫分隔兩地的辛苦。

可是金在絢不想把這些事告訴程喬恩。他不需要知道。

金在絢再度瞥了他一眼。為什麼程喬恩能這麼輕易把這種事說出口？

明明話題是他開啟的，但是金在絢一點都不想圍繞著這件事打轉。現在，他要怎麼把這個話題轉開？

「靠。」他喃喃說道。「對不起。我不是那個意思。」

「沒關係。」程喬恩告訴他。「這也不是一件值得拿出來跟別人炫耀的事。」

金在絢沉默了幾秒。最後他發出一聲接近嘆息的笑聲。

「我媽一直警告我，說話之前要先經過大腦。但我就是學不會。不過大多時候，我也不是很在乎就是了。」

不知道想到了什麼，程喬恩自顧自地笑了起來。

「怎樣？」

「我只是……覺得有點好笑。」程喬恩看著前方的路，輕聲說。「我也一直學不會。不是說話不經大腦的部分……而是怎麼跟別人說話。」

金在絢哼笑了一聲。

「對，你大概是我見過社交起來最彆扭的人。」他說。「這是怎樣？」

「我不知道。」程喬恩聳聳肩。「我就是……我猜，是從來沒有人教過我這些事。就是要怎麼面對惡霸、怎麼交朋友，之類的。」

金在絢聳起眉。這傢伙是認真的嗎？

「誰會教你這種事啊？」金在絢回答。「你在學校裡吃過虧、和人吵過架，你就會學會了。我不知道你是怎麼樣，至少大部分人是這樣啦。」

程喬恩露出一抹微笑。

「那我猜，我就是那少部分的人吧。這對我來說真的很難。嗯，但你應該已經看出來了。」

程喬恩的眉毛向下塌了一點，使他看起來有點悲慘。出於某些原因，金在絢突然覺得不太自在。程喬恩一個人尷尬還不夠，現在還要害他也跟著無話可說嗎？

「當然，這也不能算是你的錯啦。還有哪一間學校會有偉大的蕭愷帆先生？」金在絢說。「他真的是個奇葩。你可能不會相信，但他已經是這個樣子好幾年了。」

這不是金在絢轉換話題最成功的一次，但是就現在而言，也算是夠好了。

聽見他的話，程喬恩瞥了他一眼。

「你認識他很久了嗎？」

「這裡的國際學校也沒有很多間。溫志浩、蕭愷帆和我從小學就是同學——我早就已經受夠了他的態度了。」金在絢說。「你知道，他原本也像你這樣，又瘦又小，看起來有點營養不良。但是升七年級的那個暑假，他突然長高了大概二十幾公分吧。」

「那是不可能的。」程喬恩笑了起來。「沒有人可以在一個暑假長高這麼多。」

金在絢鬆了一口氣。很好，危機解除。

「相信我，蕭愷帆就可以。」他咧開嘴。「在那之後，他大概以為自己長得像是年輕版的巨石強森，就可以在學校裡囂張了。」

程喬恩靠在椅背上，看著車窗外的街景，像是在思索著什麼。午後的陽光打在他的側臉上，使他的頭髮看起來幾乎像是棕色。

「嗯，他說我是小娘炮。」最後，程喬恩再度開口。「但我什麼都沒做。我猜他就是不喜歡我的長相。」

這句話理應是個玩笑，但被他說起來，不知為何卻一點都不好笑了。

「對。」金在絢一邊在路口右轉，一邊心不在焉地脫口而出：「你看起來是很漂亮沒錯。」

當他聽見自己說了什麼的時候，他突然好想把自己的舌頭咬下來。要命。金在絢知道自己向來不以說話得體聞名，但是並不是這種方向的。他剛才是真的把這句話說出口了？還是只是在腦子裡想想而已？

他希望是後者，但是當程喬恩回答時，他的希望就落空了。

「你是這麼覺得嗎？」程喬恩再度笑了起來。「還是你的意思是，我長得有點太女性化了。」

金在絢硬是把視線定在眼前的道路上，沒有看他。

「我不知道你是什麼意思。」他說。「我是說，你的臉是不是長得很秀氣？是。你是不是有點過瘦？也是。但這樣算是女性化嗎？嗯，我覺得我們要去問國文老師。或是語言學家。或是女性主義者，之類的。」

他希望這樣有成功把對話的走向拉回來。或者至少拉向他比較能掌握的方向。

「以前也有其他人這樣說過我。」程喬恩說。

「嗯，相信我，以後也還是會有人這樣說。」金在絢回答。他覺得自己把話說得夠事不關己了。「你沒辦法控制別人的嘴，對吧？所以何必在意？真要說的話——我敢說，他們都只是嫉妒而已。誰不想要有一張好看的臉？」

程喬恩沒有馬上回答。幾秒鐘之後，他聽見程喬恩輕聲說了一句：「我不覺得這是真的。但是，謝謝你。」

車子來到學校停車場外的街道上。金在絢把車暫停在路邊，打開雙黃燈，然後和程喬恩合力將自己可憐兮兮的腳踏車扛出車棚。他把車放進休旅車寬敞的後車箱。

關上門後，金在絢和程喬恩分別站在車尾的兩側，隔著車子相望。

「嗯，謝了。」金在絢說。他的雙臂交抱在胸前，抬著下巴看著程喬恩的臉。「你幫了我一個大忙。」

「沒什麼。」程喬恩說。然後他對金在絢露齒一笑。「是你先幫了我兩次的。」

午後的陽光，幾乎就像是只照在程喬恩的臉上。他的大眼睛彎成了微笑的形狀，棕色的虹膜看起來似乎變得更淺了。他的嘴脣向上勾起，露出整齊而潔白的牙。這次，面對金在絢的目光，他沒有轉開視線。

他的臉、他美麗的笑容和學校的背景，就像是一幅畫。

金在絢的心臟像是突然違背生物學，往喉嚨的方向跳了過來。巨大的心跳聲，使金在絢有那麼一瞬間擔心會被對方聽見。

學校停車場外的街道上此時只有他們兩人，車棚外，還有幾輛教職員的車還沒離開。沒有人會在這個時候出現，為他們打破這該死的氣氛，也沒有人能讓金在絢暫時轉移他的視線。

最糟糕的是，金在絢發現，他也不想轉開視線。在對看的挑戰中，金在絢拒絕當第一個投降的人。

他把手插進口袋裡。

「好了。」他說。「我們走吧。」

程喬恩順從地跟著他爬回車上。

不知道為什麼，金在絢突然覺得，休旅車內的空間變得有點太小了。他無法忽視坐在他右手邊的那個男孩，就連對方的呼吸聲，都突然像是放大了好幾倍，在他耳邊呼呼作響。

一個念頭悄悄爬進他的腦海。

「你猜怎麼樣？」金在絢說。「我覺得，我欠你一頓免費的鬆餅。」

「啊？」

程喬恩皺起眉，似乎跟不上他說話的邏輯。

「交朋友的第一課：這叫做禮尚往來。而且我討厭欠別人人情。」金在絢說。「這樣一來，就是你又欠我一次了。」

他聽起來實在太理所當然了。幹得好啊，金在絢。

「可是我……」程喬恩的話音漸落。他遲疑了一陣子，才繼續說下去：「你為什麼希望我欠你一次？」

靠。這是哪門子的問題？

「嗯，這叫做買保險。」金在絢竊笑起來。「你永遠不知道什麼時候會派上用場，對吧？」

他瞥了程喬恩一眼。雖然仍然有些困惑，但是程喬恩並沒有拒絕。相反地，一抹好看的微笑點亮了他的臉。

「所以，我們要去哪裡？」程喬恩問。

「別擔心，孩子。」金在絢說。「我正好知道有一間餐廳會賣全世界最好吃的鬆餅。」

*

金在絢把車停回了家，然後他們一起搭捷運，到附近的商圈去找金在絢宣稱的「最好吃的鬆餅」。而就算程喬恩不認同他說的話，他也沒有表現出來。

那天晚上，讓程喬恩把自己的腳踏車牽走之後，金在絢才終於回到家。他在心中重新盤算了一次自己一整天的行徑。他不確定自己究竟是怎麼回事。

他原本已經打定主意，在他高中畢業之前，他都不會讓自己陷入這種窘境。自從他的父母決定，等到他畢業之後，他們就要一起搬回韓國去，金在絢就告訴自己，這都是浪費時間——他不該對任何人產生興趣，至少不是這麼危險的興趣。

他應該要遠離程喬恩的，但他同時又對這個奇異的男孩充滿好奇。

他不確定究竟是程喬恩的什麼部分使他無法遵守自己訂下的規則：是他那張有點太過秀氣的面孔，還是他在與人對話時動不動就臉紅的習慣，或是他一不小心就對金在絢說了太多誠實的話。

金在絢趴在床上，把臉埋進枕頭裡，發出一聲低吼。

他到底幫自己找了什麼麻煩？

明日，

陽光

依然絢爛

第五章　萌芽

「今天中午要去和謝薇娟他們坐在一起嗎？」

歷史課下課時，溫志浩和金在絢一起前往他們位於走廊上的置物櫃。他靠在置物櫃的門邊，一邊對金在絢眨眨眼睛。

「他們這星期可能會去海邊。你要不要一起來？」

「海邊可以啊。」金在絢回答。「不過午餐的話，我有別的計畫了。你可以去找他們。」

他發誓他真的不是故意要聽起來這麼可疑。但是要他說出口，自己又要拋棄他的朋友圈、去和程喬恩他們坐在一起，他還是覺得哪裡不太對勁。

最主要的是，他還不確定自己為什麼要這麼做。在他想清楚之前，他是不會跟溫志浩多說的。

溫志浩的嘴角露出一抹不懷好意的微笑。

「噢，我知道了——你又要去和程喬恩跟周以樂一起吃飯了嗎？」

他的表情使金在絢很想往他臉上揮去一拳。

「嗯，我覺得你可以管好你自己的事就好了。」金在絢翻了個白眼。

對，從他和程喬恩去吃鬆餅後的隔天開始，金在絢就開始在午休時間和他一起吃午餐了。他就是個意志不堅定的軟蛋。告他啊。

他還記得那天，當金在絢端著盤子出現在程喬恩和周以樂的桌邊時，程喬恩的臉上一瞬間閃過了某種表情。

那算是驚嚇嗎？還是驚喜？

「金在絢，你變了。」溫志浩雙手抱胸，來回打量著金在絢的臉，一邊緩緩點著頭。「你什麼時候開始這麼在意被人欺負的新生啦？」

「我才沒有。」金在絢回答得有點太快。

他確實沒有特別在意被人霸凌的新生——大多時候，蕭愷帆都只是無聊而已。他喜歡在學校橫行霸道，而他爸爸身為校董、又是家長會會長的身分，只是給了他多一個理由這麼做。但這實在沒什麼大不了的，畢竟蕭愷帆也已經十二年級，很快就要畢業。

大部分的學生經過一、兩次後，都知道只要稍微迴避一下蕭愷帆，大家都能相安無事。

但是程喬恩——嗯，那個傻子就是另外一回事了。

面對溫志浩懷疑的眼光，金在絢打開置物櫃，用門擋住了他的視線。

「我只是覺得他蠢而已。」金在絢說。「你也看到蕭愷帆是怎麼弄他的。誰知道下一次會是什麼。」

「我知道你是出於善意，金在絢。」溫志浩說。「但是你知道，你也不可能隨時都在他身邊保護他，對吧？而且，你知道蕭愷帆是怎樣的人。我們會和他劃清界線是有原因的。」

「嗯，我猜我們該改變一下遊戲策略了。」

金在絢嘆了一口氣，關上櫃門。他迎上溫志浩的視線，揚起下巴。

「所以你中午要跟我一起嗎？還是怎樣？」

溫志浩沉默地打量了他一下，搖搖頭，嘆了一口氣。「不然呢？要是蕭愷帆找你打架，沒有我在的話，你該怎麼辦？」

「屁啦。」金在絢把背包甩到肩上。「你連他的一根寒毛都動不了。再說——」

他伸出一隻手，作弄地拍了拍溫志浩的下顎。

「你捨得讓他打你這張英俊的臉嗎？」

溫志浩的面孔扭曲了一下。

「我跟你說，如果給他機會的話，他搞不好還真的會。」他說。

然後他揮開金在絢的手，大笑起來。

金在絢和溫志浩從幼稚園就是很好的朋友，他們住得近、興趣也相似，經歷又類似。他們以前會一起踢足球，後來一起加入田徑隊，長大後又一起和溫志浩的爸爸學了衝浪。

對金在絢來說，溫志浩更像是他沒有血緣關係的兄弟。

但有些事，他還是不會告訴溫志浩。

例如，他從來沒有告訴溫志浩，他其實喜歡的是男生。他沒有告訴溫志浩，他曾經喜歡過他們小學的另一個同學。他沒有告訴溫志浩，等他畢業後，他們全家就要搬回韓國去了。他也沒有告訴溫志浩，他好像有點喜歡那個叫程喬恩的孩子。

至少溫志浩沒有繼續追問下去。金在絢懷疑，真的被逼急了，他可能會脫口說出讓他自己後悔的話。

中午時間，金在絢和溫志浩走進餐廳時，金在絢刻意限制自己的動作，以免被溫志浩發現自己正伸長脖子，尋找程喬恩和周以樂的桌子。儘管他不知道自己這樣做的意義是什麼——他根本就不用找，周以樂和程喬恩總是坐在同一張桌子旁。

溫志浩愉快地和餐廳裡的其他學生打招呼，偶爾停下來聊個兩句。金在絢懶得進行多餘的閒聊，因此他多半只是雙手插在口袋裡，站在溫志浩身後等待。

他的眼角餘光看見程喬恩和周以樂拿著餐盤來到桌邊。

今天的程喬恩，在制服外面罩了一件深藍條紋的襯衫。

程喬恩的身材不像金在絢這麼高大，他的手臂即使包覆在襯衫之下，看起來也只要一用力就能掐斷。但是他的眼睛——不知道是不是注意到金在絢的目光，程喬恩就在這時抬眼，往他的方向看來；程喬恩微微下垂的眼角，使他看起來就像一隻不諳世事的幼犬。

金在絢的第一個反應，是在這時撇開視線。但是這麼做就更顯得可疑了，對吧？因此他只是扯扯嘴角，對程喬恩的方向揚起下巴。程喬恩猶豫了一下，才抬起手，不太肯定地揮了揮。

「你在跟誰眉來眼去的？」

溫志浩的聲音突然在耳邊響起，使金在絢的心臟用力一跳。

「誰終於獲得金在絢大神的寵幸啦？」

金在絢機械性地轉過頭，瞪了好友一眼。

「你的眼睛需要看醫生了。」

「我好奇一件事，金在絢，這間學校到底有沒有你看得上眼的女生？」溫志浩挖苦地說道。「你還記得你去年拒絕了兩個人，還把人惹哭——」

「那又不是我的問題。」金在絢一聳肩。「我是說，她們根本不認識我。她們能喜歡我什麼？她們連我平常說話的方式都應付不了。」

說實話，金在絢完全不懂為什麼會有女孩喜歡他。他幾乎從來不和她們說話——並不是因為他害怕女生，而是因為他不知道這有什麼必要。

他當然還記得他對那兩個女孩說過什麼話。他並不苛薄——至少他自己是這麼認為的。他只是告訴她們，他對她們不感興趣，不過他的原話是「抱歉，但我不想浪費時間在我沒有興趣的事情上」。

嗯，也許他可以用更委婉的方式表達。那種「你很好，是我的問題」的句型就是為了這種場合存在的，對吧？但話又說回來，金在絢實在也沒有心思顧慮他沒有興趣的人的心情。

「嗯，但你至少要給別人一點機會認識你。」溫志浩說。「再說，你就沒有主動想要去認識的對象嗎？」

「你算嗎？」金在絢挑起眉。「我就滿了解你的。」

溫志浩彈了彈舌頭，推了他的肩膀一把。

「很抱歉要讓你失望了，兄弟。我真的沒有那種興趣。」

金在絢翻了個白眼。所以這就是金在絢不會向溫志浩坦白這件事的原因。溫志浩很好，金在絢很愛他，至少在兄弟之愛的範圍裡。但是他對自己不在乎的事情，表現的態度就是徹底的不在乎，或許還有點鄙夷。

金在絢無法想像自己要怎麼向他出櫃，他不知道要期待什麼。如果知道他是同志，溫志浩還會當他是朋友嗎？他們還能像現在這樣相處嗎？還是溫志浩會開始擔心自己成為金在絢的潛在獵物之一，而開始和他保持距離？

再過一年，他們就要畢業了。在那之後金在絢就會搬回韓國，或許這輩子再也不會見到溫志浩。他如果可以維持現狀到那個時候，一切都會簡單很多。

他一點也不打算在最後這一年打破自己建立好的平衡。

「你聊夠了沒？我們趕快去拿餐好不好。」他帶頭往程喬恩桌子的方向走去。「我餓到要發脾氣了。」

＊

上課鐘響時，金在絢推開西班牙文教室的門。他發誓他真的沒有要多看程喬恩的位子一眼，但是他的視線卻仍往教室最角落的座位掃去。

只見程喬恩已經坐在座位上，桌上擺著他的筆記本，正低著頭不知道在寫些什麼。整個教室裡只有他一個學生坐在位置上；下課時間，學生們大多都是在走廊上和朋友們聊天，程喬恩獨自一人的身影，看起來格外孤單。

金在絢忍不住哼笑了一聲。他不知道程喬恩究竟有什麼東西好這樣一直寫個不停——那算是日記嗎？還是什麼別的？

金在絢走到他身邊的空位上，一屁股坐下。

「喂，你啊。」他傾身靠向程喬恩，對他說道。

他甚至沒有提高音量，但是程喬恩仍然像是嚇到似地跳了一下。「喔，嗨，在絢。」他好像還沒有完全回過神來，有些茫然地眨著眼睛。

「你在寫什麼大作？」他對著程喬恩的桌子點點頭。面對程喬恩呆滯的目光，他不耐煩地嘖了一聲。「你的筆記本啦。」

「呃，沒有。」

程喬恩立刻把本子的封面蓋了起來。他垂下頭，雙手壓在筆記本上。

「噢，別那麼緊張，小朋友。」金在絢感覺自己的嘴角上揚，儘管他不知道自己為什麼要笑。「你擔心我會動手搶嗎？這是很嚴重的侮辱——」他對他眨眨眼。「我會等到你自願讓我看的。」

聽見這句話，程喬恩緊繃的肩膀才稍微放鬆下來。

「不可能的。」他微笑。「這是個祕密。如果給別人看了，那就不叫祕密了，對吧？」

就像金在絢沒有告訴溫志浩的那些事情，那也是他的祕密。

這和感情好不好無關，就只是因為有些事，他寧可知道的人越少越好，最好只有他自己。

所以，對，他可以理解。

「好吧，很公平。」金在絢向後退開，直起身子。「話說回來，既然你有時間寫你的筆記本，你的作業看來是都寫完了吧？」

程喬恩垂下視線。他真的像隻小狗，這個程喬恩。金在絢好想叫他再也不准在他面前擺出這個表情。這對他的現況一點幫助都沒有。

「我還沒有寫。」程喬恩承認道。「我看不懂題目。」

「不意外。」金在絢挑起眉。「看你上課都在放空就知道了。我勸你一句，程喬恩。如果你想要上課做別的事，你最好先把該學的東西都學會。」

程喬恩咬了咬嘴唇。

「把你的作業拿出來。」金在絢說。

程喬恩的眼睛大睜。「我……我不想用抄的。」他有點結巴地說。「這不是——」

「不然呢？你又要再交一次白卷？」

上一次課堂上，程喬恩就因為作業交不出來而被西班牙文老師「關心」了一下。念在他是剛入學的轉學生，西班牙文老師還能通融他一次，但他交代程喬恩要盡快趕上學校的進度。

嗯，看來程喬恩並沒有好好把老師的建議聽進去。

「我是說，就算抄完了，我也還是學不會。」程喬恩的臉頰浮起一抹淡淡的紅暈。「我可以明年再上一次……」

「喔，這只是為了交作業而已。」金在絢邊說邊抽出自己寫著五題習作的筆記紙，啪的一聲拍在程喬恩的桌上。「誰說你要在這五分鐘裡把它學會了？」

「可是——」

「現在，把作業抄完。」金在絢命令道。「至於你學不學得會——我們很快就會知道了。」

程喬恩驚愕地抬起眼，看向他。「什麼意思？」

金在絢不太確定自己在說什麼。自從認識了程喬恩之後，他就發現，他越來越沒辦法控制自己的行為。他在提議什麼？他為自己找的麻煩還不夠多嗎？

但是看著程喬恩為西班牙文感到挫敗的樣子，要金在絢坐視不管，反而讓他更難受。他幾乎可以感覺到自己的指尖刺癢著，迫不及待地想要做點什麼。

「我會教你，傻子。」金在絢吐出一口氣。「今天放學之後，在腳踏車棚等我。」

「可是……」程喬恩臉頰上的顏色變得更深了。他有點慌亂地轉開視線，看向自己的鞋尖。

金在絢忍住自己爆笑的衝動。

「我是說，我還沒有跟我媽說我今天要晚回家——」

「那就跟她說啊，小媽寶。」金在絢說。他用譏諷的笑容看著程喬恩。「還是你要我教你怎麼用手機？」

「我不是……」程喬恩試著回嘴，但是話到嘴邊又嚥了回去。他的下顎肌肉以肉眼可見的方式抽動了兩下，像是在下定什麼重大的決心。

「所以？」金在絢逼問道。

「好。」程喬恩點點頭。「放學後見。」

金在絢還是不知道自己究竟為什麼要做出這個提議。他甚至不知道自己期待程喬恩給出什麼答案。但是看著程喬恩低著頭，認真抄著他寫的動詞時態變化時，一綹柔軟的棕髮落在他的額前，金在絢發現，他並沒有感到後悔。

明日，陽光依然絢爛

第六章

加速的心跳

〔我從來沒有吃過那麼好吃的鬆餅。好吃到我快要掉出眼淚了。今天，金在絢坐得離我有點近。我有點怕他會碰到我，我覺得我可能會整個人彈起來吧。但是一直到我們要走的時候，他都沒有真正碰到我。有一點點可惜的感覺……這樣是正常的嗎？〕

程喬恩站在金在絢的腳踏車後方，九月溫暖的微風吹拂著他的臉，而他仍然不知道為什麼事情會變成這樣。

金在絢從腳踏車架上把車子移了出來，跨上座椅。

「好了，上車。」

這已經是程喬恩第二次要讓金在絢載他騎車，但他仍然不太確定自己究竟要把手擺在哪裡。他猶豫了一下，才抓住金在絢的肩膀。金在絢的身體很強壯，包覆在T恤下的肌肉線條十分明顯。程喬恩嚥了一口口水，強迫自己轉開視線。

不，他不該注意這個部分的。程喬恩暗自瑟縮了一下。他是從什麼時候開始在意起金在絢的身材了？

他不小心太用力地撐了一下金在絢的肩胛骨，車子一歪，程喬恩差點從腳踏桿上摔下來。金在絢回頭，似笑非笑地瞥了他一眼。

「對不起。」程喬恩恨不得用襯衫把臉給包起來。

「嗯，問這個問題好像有點惡劣。」金在絢用眼角餘光看著他。「但你緊張什麼？」

「我沒有。」程喬恩立刻反駁。

金在絢聳聳肩。

「如果你擔心我會和蕭愷帆一樣對你動粗，你就是在侮辱我了。」他說。「我對虐待小動物沒有興趣。」

虐待小動物？

「我不是在擔心這個。」程喬恩說。「我只是不知道……你知道……」

他只是不知道金在絢為什麼要這麼做。

金在絢救了他兩次，他回報他一次。現在，金在絢又主動提議教他西班牙文。這個算數，怎麼算都不對。

程喬恩從來沒有真正交過朋友。他有點尷尬地發現，他對這其中的一切一無所知。是誰該先踏出第一步？當對方釋出善意時，他又該怎麼回應？又要到什麼時候，他們才終於可以以「朋友」相稱？這是學校裡的另外一堂課，只是它沒有教科書，也沒有他可以遵循的指導原則。

和金在絢相處的感覺和周以樂好不一樣；對他來說，周以樂只是個孩子，而且他們兩人在很多方面很像。他們都一樣在社交上很彆扭，又都是學校的邊緣人。他們可以一起快樂地自嘲，或是對其他學生指指點點、為他們編造完全幻想的故事，從中獲得些許樂趣。

但是金在絢呢？那又完全是另外一個故事了。

他不知道自己要怎麼看待金在絢。他只知道，當他在走廊上移動時，他的視線會開始在來往的學生之間尋找那張熟悉的臉。當他在學生餐廳就座時，他也會期待金在絢的身影等一下就出現在桌邊。可是如果金在絢真的出現，和他們一起吃飯，程喬恩卻又連一句話都說不好。

一開始，他告訴自己，那是因為金在絢是韓裔美國人；他整個人散發出來的氣質，和程喬恩從小到大習慣的一切都不一樣。金在絢太有自信，而且並不介意讓人看見他的自信，這和程喬恩自己完全相反。

看金在絢輕鬆地在他和周以樂的桌邊坐下，然後就成為整個對話的主導者，程喬恩只覺得羨慕。但是卻又不只是羨慕。金在絢這個人，就和他的名字一樣，他身上散發出的光芒，使程喬恩難以直視、又無法不受他的吸引。

好幾次，他都在金在絢對他質疑地挑起眉時，才意識到自己正直勾勾地盯著對方。他會像是上課不專心的學生，在被老師點名時心虛地垂下頭。

他想，他或許該感謝金在絢，從來沒有在這件事情上逼問他、讓他變得更難堪。他為什麼會有這樣的反應？他也沒有答案。這一切，就連他自己都搞不懂，更別提說給別人聽了。

「我不知道你不知道什麼。」金在絢一如往常地打發他。「你準備好了沒？我要出發了。」

程喬恩把話吞回肚裡，點點頭。「好了。」

腳踏車緩緩移動起來，金在絢的肩膀肌肉也隨之繃緊。程喬恩小心翼翼地把手放在他的身上，離開了學校的車棚。

放學時間，許多學生都聚集在車棚四周的走道上。金在絢和程喬恩兩人一起行動的模樣，招來許多人的目光。大多人的視線都是不帶惡意的——這點程喬恩至少還能看出來。他們多半只是感到好奇，想看看金在絢載的究竟是什麼人。

程喬恩垂下視線，盡可能不與任何人的目光交會。

就在接近校門口的地方，程喬恩看見一群人聚集在那裡。蕭愷帆寬大的背影令人難以忽視，他的手往一旁伸開，手中拎著一個書包。

程喬恩的心臟重重跳了一下。他認得那個書包——畢竟，他每天中午都和書包的主人同桌吃飯。

他急著扭過頭，身體一歪，差點從腳踏車上摔下來。金在絢咒罵一聲，連忙把腳踩到地上。

「你在幹麼？」他回過頭，質問道。「這麼想摔死啊？」

「對不起，我只是……」程喬恩咬了咬嘴唇。「我看到蕭愷帆跟周以樂在校門那裡。我覺得……周以樂好像有麻煩。」

程喬恩不知道自己為什麼要對金在絢說這些。他只是想要過去看看周以樂怎麼樣。周以樂是他的朋友。他應該要關心他的，對吧？

「搞屁喔。」金在絢彈了彈舌頭。「我就是不懂，他到底覺得這樣哪裡好玩了——」

然後他把龍頭一扭，用力踩起踏板，往蕭愷帆的方向快速駛去。

眼看他們就要撞上蕭愷帆的後背時，程喬恩忍不住抓緊金在絢的肩膀。金在絢用力按了幾下鈴鐺。

「不好意思，你們擋路了。」他拉開嗓門大喊。「閃開，閃開！」

「搞什——」

腳踏車在蕭愷帆跌跌撞撞地往一旁跳開時緊急煞車，程喬恩一個踉蹌，從金在絢後方跳了下來。腳踏車硬生生將蕭愷帆一群人圍成的半圓切開，露出了被他們困在牆邊的周以樂。

「以樂。」程喬恩往他的方向跑去。「你還好嗎？」

周以樂的背緊貼著牆。程喬恩打量著他，但除了臉和衣服上有幾抹灰色的髒汙之外，沒有明顯的傷痕。

「我沒事。」周以樂嚥了一口口水。雖然他看起來還算鎮定，但程喬恩看得出來他受到了不小的驚嚇，他的眼神有點閃爍，眼眶泛紅。有那麼一瞬間，程喬恩眼中看見的不是周以樂，而是小學四年級時的自己。

「你又有什麼毛病了？」金在絢的聲音在後方響起。

程喬恩轉過頭，正好看見蕭愷帆與金在絢對峙的畫面。蕭愷帆的手中還抓著周以樂的書包，挑釁似地搖晃。

「同一句話也回敬你，金在絢。」蕭愷帆的臉上掛著傲慢的神情，來回打量著金在絢的臉。「這跟你有什麼關係？」

「噢，這確實跟我沒有關係。」金在絢聳聳肩。「但是這算是跟我的朋友有關係。」他對著蕭愷帆手中的背包點了點頭。「我記得這應該不是你的東西？」

蕭愷帆像是很無聊似的，看也不看一眼，就把書包往牆邊一扔，正好砸在周以樂腳邊。程喬恩立刻彎身把書包撈了起來，塞進周以樂懷裡。

「滾遠一點，金在絢。」蕭愷帆說。「你為什麼不跟那個小娘炮去旁邊玩就好了？」

羞辱的話語灌進程喬恩的耳裡。蕭愷帆甚至沒有看他，但是話中帶的刺依然狠狠扎進程喬恩的心裡。

他總是告訴自己習慣就好了。他也是這麼告訴金在絢的，蕭愷帆不是第一個這樣稱呼他的人。但是每次聽見有人這樣說他，他都還是忍不住懷疑，自己是不是哪裡有問題。

「我當然也不想多跟你說話。」金在絢說。「每跟你多說一秒的話，我都覺得我在浪費自己的呼吸。」他誇張地大嘆了一口氣。「但是你上次弄壞我的腳踏車，我還沒有和你算這筆帳，對吧？」

「你去吃屎。」這幾個字彷彿是從蕭愷帆的牙縫中蹦出來的。「你沒有證據。你怎麼能確定那是我做的？」

「嗯，我確實是不能確定。」金在絢說。「但我懷疑，只是懷疑——這種幼稚的手段，還有誰做得出來？」

「閉嘴，金在絢。」

「啊，我知道了。」金在絢瞇起眼，微微一笑。「只有心智年齡還停留在小學的人才會這麼做。怎麼了，蕭愷帆？你的腦子沒有跟你的身體一起長大嗎？」

蕭愷帆的眼中閃過一絲程喬恩無法解讀的情緒。

下一秒，蕭愷帆的左手便抓住金在絢的衣領，右手握成拳頭，往金在絢的下巴揮來。

程喬恩屏住呼吸。

如果蕭愷帆要打他，程喬恩是不是應該要幫忙？畢竟，金在絢也幫了他這麼多次……但他能做什麼？

不過，金在絢當然不需要他的幫忙。程喬恩看著他伸出手，一把抓住蕭愷帆的手腕。他的表情幾乎沒有變化，身體姿態也沒有改變。但他抓住蕭愷帆手腕的那隻手，指關節用力得泛白，青色的血管從手背上浮起。程喬恩屏住呼吸，看著他們兩人像一尊巨型雕像般，定格在原地。

金在絢的眼神盯著蕭愷帆的拳頭幾秒，然後緩緩地轉向蕭愷帆的臉。

「我們已經幹過類似的事了，對吧？」金在絢輕聲說。「如果我是你，我可不會這麼做。」

他的眼神直直迎上蕭愷帆的目光，動也不動。在那一刻，四周的一切彷彿都凝結了。程喬恩幾乎可以聽見他們的目光交會時所發出的碰撞聲。程喬恩一動也不敢動。不知道為什麼，他知道這兩人之間有些事，是他不能理解、也不能開口問的。

蕭愷帆的下顎肌肉抽動著。他抓著金在絢衣領的那隻手又向上提了一點。他狠狠把金在絢往後一推，從他手中掙脫開來。蕭愷帆的朋友們湊上前來，將蕭愷帆往後拉。

「我們還沒有完，金在絢。」他對著金在絢咬牙切齒地喊道。「你給我小心一點。下次沒那麼簡單就放過你。」

金在絢把手一攤。

「嗯，在畢業之前，我也哪都去不了，對吧？」

看著蕭愷帆與他的朋友們消失在校門口的轉角，程喬恩緊繃的神經才終於放鬆下來。他轉向一旁的周以樂。

「幸好你沒受傷。」

「謝謝你們。」周以樂說。他把手插進口袋裡，垂下視線。

他似乎沒有特別高興自己脫離困境。他只是咬著嘴脣，眼神看著自己被踩髒的球鞋。

「你還好嗎？」程喬恩問。

「還好。」周以樂說。「我該回家了。」

「你是該趕快離開了。」金在絢說。「記得跟他們往反方向走。」

周以樂抓緊背包的肩帶，再度和他們兩人道謝，然後快步離開校門，前往校車車站的方向。程喬恩忍不住皺起眉頭。他目送著周以樂矮小的背影離開，思索著他剛才臉上有些奇怪的表情。不知道為什麼，在那一刻，周以樂的臉，看起來比十二歲要老了好多。

他轉過頭來，正好對上金在絢的目光。

「呃，怎麼了？」

「小孩子長大了，開始想著要保護別人了。這是好事。」金在絢勾起嘴角。

「但你是不是忘了掂掂自己的分量，傻子？」

程喬恩只覺得耳根一陣灼燙。

「你覺得朋友是靠為對方賣命換來的嗎？」金在絢繼續說道。「你覺得你這樣做，周以樂就會感謝你？」

他在嘲笑他。

面對金在絢的表情，程喬恩不知道究竟要怎麼想才對。最近這幾天，他已經感到越來越困惑了。程喬恩這輩子從來沒有碰過這種事。從來沒有人主動要和他交朋友，更沒有人這樣對他釋出善意過。

但是金在絢有時又會對他說這種話，開口閉口地叫他傻子，好像他什麼事都不會。他不知道哪一種金在絢是真的——是那個不斷靠近他、對他伸出友誼之手的人，還是這個把他當成白痴、不斷取笑的傢伙？

「為什麼你要一直這樣說？」程喬恩低聲說。

金在絢揚起下巴看著他。「怎樣？」

「我不知道你在想什麼。」程喬恩說。「我不知道你說的哪些話是真的。我不知道你……」他硬是把話停了下來。

金在絢挑起眉。

「我什麼?」他沉著嗓音，幾乎像是在挑戰程喬恩。

你為什麼要這樣幫我?

程喬恩嚥了一口口水。但是這個問題，他又沒辦法對金在絢問出口。

這實在太困難了，對現在的程喬恩來說，他還沒有辦法應付。說他逃避現實也好，說他幼稚也好——但這遠遠超越了他現階段能處理的人際關係。他搖搖頭，再度選擇什麼也不說。

「沒什麼。」他垂下視線。「謝謝你。幫我和周以樂解圍。」

「算不上什麼。」金在絢擺了擺手，彎身拉起倒在地上的腳踏車。「現在，我們到底要不要走了?」

＊

他們前往上次金在絢號稱是「世界上最好吃的鬆餅店」。那是一間位於商業區巷子裡的小店，程喬恩很少來這個地區，這裡多半是他以前的同學們約來逛街的地方，但他們不是他的朋友，他當然也不在受邀之列。金在絢第一次帶他去的時候，還很驚訝他從來沒有聽過這間店。

「你根本就是在侮辱它。」金在絢是這麼說的。「居然會有人沒聽過它的大名。」

根據他的說法，他幾乎每天都泡在那間店裡，因此店裡大部分的員工都認識他。

今天站在櫃檯的女孩名牌寫著琳娜，看上去不比程喬恩他們年長幾歲。她愉快地和金在絢打了招呼，幫他們點完餐後，便讓他們坐在角落的位置。這個時間點，鬆餅店裡只有少數幾個大人，正用程喬恩聽不見內容的音量談笑著。

從店內看出去，這裡一點都不像是在鬧區裡。午後的陽光斜斜灑進薄紗窗簾內，使窗外的巷弄景色染上一層橘黃色的光暈，看起來格外溫馨。這裡聽不見外頭大馬路上的車流聲，而即使是第二次踏進這間店了，店內香甜的鬆餅氣味，依然像是催眠般，讓程喬恩有點昏昏欲睡。

所以，當金在絢打開西班牙文的筆記本，開始從最基礎的動詞變化型態解釋起時，程喬恩難以集中注意力，也是情理中的事。

程喬恩捧著溫暖的馬克杯，香濃的巧克力味充斥著他的鼻腔。他隔著蒸氣，看著金在絢拿鉛筆在紙上寫了幾行字。

程喬恩發誓，他真的很努力要專心了。但他的大腦只是不斷重播剛才與蕭愷帆衝突時，金在絢淡然的姿態，以及他抓住蕭愷帆的手腕時，那股無法忽視的力道。

金在絢垂下視線看著筆記本的模樣，正好使他的睫毛遮住了一半的眼睛。他短短的黑髮覆蓋著額頭，露出粗濃的眉毛，稜角分明的眉骨再順勢連上他直挺的鼻梁。他的嘴脣很薄，上脣的周圍有著一圈淡淡的黑色鬍碴，那是他即將要成為男人的證明；程喬恩的鬍子長得非常稀疏，而且生長速度緩慢，每次他刮鬍子時，都會懷疑自己究竟開始發育了沒……

「——然後，你其實沒有在聽我說話對不對？」

金在絢的手指在他面前一彈，使程喬恩一瞬間從思緒中跌回現實。

他剛剛到底在想些什麼？被金在絢這麼一嚇，他突然有點不記得了。

他舔了舔嘴脣，露出一個尷尬的笑容。

「對不起。我……剛才在放空。」

「嗯，我一直都知道我的臉長得很好看。」金在絢把鉛筆放下，向後靠在椅背上。「但是你這樣盯著我看，我已經開始要起雞皮疙瘩了。這樣算是騷擾，你知道嗎？」

「對不起。」

金在絢拿起放在筆記本前的盤子，直接用手拿起一塊藍莓鬆餅，咬了一大口。

「你真的不喜歡上課，對不對？」

「對不起。」程喬恩說。「我只是……有點分心。」

「看得出來，你寧可盯著我的臉，也不願意聽我用最淺顯易懂的方式教你西班牙文。」金在絢挖苦道。

他把盤子放回桌面，雙手在胸前交抱，看向程喬恩。
「所以，程喬恩，告訴我一件事。」
「怎樣？」
程喬恩把馬克杯舉到嘴邊，遮住自己的半張臉。
「我想不通。你為什麼這麼堅持要為周以樂出頭？」金在絢說。「對我來說，你就只是一直在往屎坑裡跳。我告訴過你，對吧？別當個傻子。蕭愷帆那個傢伙不是好人。為什麼你就是學不會？」
程喬恩猶豫著。
程喬恩惹出的麻煩，金在絢幫他收拾過這麼多次，至少他值得一個解釋吧。
「我不知道朋友是怎麼運作的。」他低聲說。「我只是覺得，周以樂很無辜。身為他的朋友，我應該要站在他身邊。」
就某方面來說，他覺得他在周以樂身上看見自己。當蕭愷帆站在那裡，攔住周以樂的去路時，他腦中總會閃過爸爸的模樣。
周以樂所感受到的恐懼，程喬恩的身體再熟悉不過了。那是每當媽媽淚流不止時，會盤踞在程喬恩心頭的同一種恐懼。他的大腦不想記得這種感覺，但他的身體記得——這樣的影響力遠遠超出他的控制。
「然後讓自己變成箭靶？」金在絢翻了個白眼。「你不是他媽，程喬恩。他不是你能保護的對象。而且，不好意思，要讓你失望了。朋友確實不是這樣運作的。」

程喬恩搖了搖頭。是的，他不是周以樂的媽媽。蕭愷帆也不是他爸爸。他試著把這個念頭推到腦海之外，但是他懷疑自己並沒有成功。

「但是，我不懂。」程喬恩看向他。「你一直在幫我。這不也是因為我們是朋友嗎？」

金在絢一句話也沒說。

然後他轉開視線。

不知為何，程喬恩覺得這一刻有點不一樣——好像他說對了某句話，因此觸動了金在絢的某個開關。這個瞬間有點脆弱，又有點令他期待。他無法確切指出這種感覺是哪裡來的，但這是一種預感——有什麼大事要發生前，一切都安靜下來、屏氣凝神的時刻。

程喬恩的視線在金在絢那雙接近黑色的眼睛之間來回移動，等待他回答。

「蕭愷帆欺負人是不需要理由的。」金在絢慢慢地說道。「他就只是專門挑簡單的目標下手。你和周以樂，就是他最不用費力的目標。你和周以樂一起被他打死，並不會讓你成為『第一名的好朋友』，好嗎？你得先學會保護自己。」

「為什麼？」程喬恩脫口而出。

金在絢看著他。

「什麼？」

「為什麼你能這麼確定要怎麼做？」他咬了咬嘴唇。「很多時候，我覺得我連自己在想什麼都不知道。你怎麼知道自己想要什麼、該做什麼？」

就像現在。他不知道自己要如何看待金在絢，還有他在他心中的地位。金在絢為什麼要對他說這些？

聽見他這麼說，金在絢笑了一聲。

「相信我，我也什麼都不知道。尤其是最近——沒有一件事情是照著我想的方式來進行的。」他頓了頓。「但是我現在快要十八歲了，我至少知道我不想要什麼。剩下的，我猜我會慢慢摸索出來。這就是樂趣之一，對吧？」

程喬恩不確定這究竟算不算是樂趣，但他猜金在絢說得也沒錯。

「所以，在那之前。」金在絢轉過身來面向他，一手拍上他的肩。程喬恩的心跳突然加快。「試著不要把自己弄死，嗯？」

「我會努力的。」程喬恩勉強回答。

金在絢大笑起來。「放輕鬆一點，小鬼，你太認真了。高中生活是一種享受，不是一份學術論文。」他的眼睛一亮，像是突然想起什麼似的。「說到這個，你這週末有什麼計畫嗎？」

「我？」程喬恩愣了愣。「嗯，我應該會先把英文課的指定閱讀看完——」

「嗯，你的閱讀作業可以留到星期天晚上再做了。」金在絢說。「星期六，跟我和溫志浩出去吧。」

程喬恩眨眨眼。「什麼？」

「我們要去北海岸，一群人一起騎車過去。」金在絢挑起眉。

「騎車？」

「先別跟我說駕照什麼的。」金在絢舉起一隻手。「聽著，程喬恩。你是時候該體驗一下高中生應該要有的瘋狂了。你總不能身處在高中，但是過著退休老頭般的生活吧。」

程喬恩的心臟怦怦跳著。金在絢的邀約只是再平凡不過的、友善的邀約罷了。所以，他為什麼會突然覺得這麼緊張、又這麼期待？

是因為他從來沒有和朋友這樣出去玩過吧。這對他來說是一個全新的體驗，所以那股在他心底翻滾、冒著泡泡一般的興奮感，才會像海浪似地不斷衝擊著他的內心。

一定是這樣吧？

「你就當作這是交友入門課的作業。」金在絢說。「『和朋友一起去海邊玩』。聽起來合理多了吧？」

金在絢的說法令程喬恩忍不住笑了起來。

於是他下定了決心。

「好。」程喬恩說。「那……我該怎麼跟你們碰面？」

「告訴我你家在哪。」金在絢說。「然後你只要準備好自己的泳褲和涼鞋，早上十點在家門前等著就好。」

程喬恩認真地看著金在絢的雙眼。他突然意識到，他已經再也不怕和金在絢保持長時間的對視了。

他嚥了一口口水。

「好。」

「好。」金在絢像是覺得他的反應很好笑，竊笑了起來。他拿起鉛筆，敲了敲面前的筆記本。「很高興我們把問題都解決了。現在——該回到西班牙了。」

*

那天睡前，程喬恩在筆記本中新的一頁，寫下了一個問題。

〔我想要什麼？〕

他不知道自己什麼時候才會得到答案。但是還有一些別的事情，他現在只能照實寫下來。他留下幾行空白，開始一個新的段落。

〔有時候，坐在金在絢身邊，我會覺得呼吸有點困難。他在教我西班牙文的時候，我也很難專心。我不知道這代表什麼。他為什麼想要和我做朋友？他想要從我這裡得到什麼？還有……我能給他什麼？〕

他的心跳加速是沒有理由的，程喬恩很清楚這一點。他現在只是在鑽牛角尖而已。他在腦中回想著金在絢認真講解著動詞變化的側臉。

可惜他不像金在絢那樣能夠隨手塗鴉。否則他現在最想做的事，就是把金在絢的臉畫下來。

明日，
陽光
依然絢爛

第七章　升溫

〔不行，我辦不到。我不想去。我不敢去。

但是我真的真的好想去。

在絢的朋友們。他們會喜歡我嗎？他們會成為我的朋友嗎？朋友到底是什麼？

在絢……他又是什麼？

為什麼在他身邊的時候，想事情總是會變得這麼難呢？就算他不在旁邊，我的大腦好像也是一團亂七八糟的線。

好難。我覺得我好像寫得越多、反而越想不清楚了。我只想要一直寫他的名字。

金在絢。金在絢。金在絢。〕

程喬恩和金在絢乘著同一臺機車，在長長的濱海公路上前進。機車移動的速度比他以為的快——帶著鹹味的暖風打在他臉上，讓他不得不瞇起眼睛。他可以在後照鏡裡看見自己，還有金在絢的肩膀，就在他的下顎下方。

「欸，等一下在那個小七停一下！」金在絢拉開嗓門，對著前面不遠處的另一輛車喊道。「我要上廁所！」

前車後座的金髮男孩舉起右手，豎起大拇指。他探頭對騎車的另一個男孩說了一句什麼，接著，他們前方的另一臺機車上，騎車的女孩也舉起手揮舞了一下。他們傳的話被海風吹散，程喬恩什麼也沒聽見。

幾分鐘後，一間便利商店便出現在公路的左側。帶頭的女孩率先將車騎進停車場，金在絢的車也隨之跟進。

「快快快，我快尿出來了。」金在絢把車熄火，一邊催促程喬恩下車。他急急忙忙將中柱立好，衝進便利商店裡。

程喬恩的頭上還頂著安全帽，覺得自己像個太空人，或是一隻頭長得特別大的蝌蚪。現在他就是一個蝌蚪般的人。

金在絢的這群朋友，他只見過面，卻從來沒有說過話。他們就是那種光鮮亮麗的學生——是程喬恩向來打不進去、也沒妄想要進入的圈子。現在，少了金在絢當他與他們之間的膠水，他就只是跟在他們身後，聽著他們在便利商店中，一邊移動一邊閒聊。

「——所以我就跟他說：『不了，謝謝，你可以把你的電話號碼拿去給那邊的救生員。』」溫志浩邊說邊走向放滿洋芋片的商品架。

「不是，等一下，重點是——」女孩——金在絢說她叫謝薇娟——立刻接口。「他長得好看嗎？」

程喬恩忍不住多看了謝薇娟兩眼。她是個美麗的女孩，有著一頭濃密捲曲的深色長髮，五官深邃，皮膚呈現健康的小麥色。此時，她穿著一件牛仔夾克，裡頭搭配著一件單薄的貼身背心，帥氣的全罩式安全帽勾在手臂上。

她注意到程喬恩的視線，便對他眨了一下眼睛，微微一笑。程喬恩立刻像是做錯事被發現的孩子，心虛地轉開視線。

從廁所中走出來的金在絢朝他們走來。他手上還有洗手後留下的水珠，當他對上程喬恩的視線時，他便把水往程喬恩的臉上灑來，讓他不由自主地驚叫一聲。謝薇娟轉頭看了金在絢一眼，翻了個白眼。

「都幾歲的人了，不要那麼幼稚。」

「男生的大腦發育本來就比女生晚幾年。這是生理差異。而且妳才搞錯重點了，謝薇娟。」金在絢大笑著說道。「不管他長得有多辣，他都看不上妳的。妳給不起他想的東西，妳知道嗎？」

「你怎麼知道？」謝薇娟回嘴。「他們都說有些男人好看到能讓直男愛上他，那我相信我也漂亮到能讓同性戀男子愛上我。」

「嗯，在這件事上，我跟謝薇娟站在同一邊。」溫志浩左手邊的男孩說道。「我是說，有些男人帥到能把直男掰彎的這件事。」

程喬恩從沒和他說過話，但他當然看過他的臉——因為他的照片就貼在學生會的布告欄上。他是個身材壯碩的男孩，剃著平頭，名叫邵奕民。

「講得好像你就有這個經驗似的。」金在絢越過程喬恩的頭頂，對著邵奕民咧嘴一笑。

「喔，我們不需要有經驗。」在邵奕民前方的男孩說。「這是個科學事實。」

這個男孩名叫蘇賢鈞，也是學生會的成員之一，和邵奕民的照片並列在布告欄中。程喬恩暗自瞥了他一眼，看見他的金髮綁成一個小馬尾，垂在肩膀上。

程喬恩不太確定他的金髮是不是染的，因為他的五官確實深邃得像是外國人，但是他的眼睛顏色依然是濃郁的深棕色。但在這間學校，程喬恩已經逐漸開始習慣各種不同混血的長相了。和邵奕民壯碩的身材相反，蘇賢鈞的身形瘦長，四肢纖細，臉上總帶著一絲嘲諷似的微笑。

「唯一的科學事實只有『性向是流動的』，就這樣。」金在絢回答。「這跟長相一點關係也沒有——你們太膚淺了，各位，我都聞到外貌協會的臭味了。」

他誇張地搧了搧鼻子前的空氣，卻被蘇賢鈞伸出手來，賞了一個中指。

程喬恩暗自笑了起來。

今天早上，當金在絢的機車出現在他家門前，還帶了另外兩車的朋友時，程喬恩差一點就要臨陣脫逃了——他不確定自己要怎麼跟這些人相處，而且還是一整天。

他從樓上的窗戶，看著機車在公寓外的街道上停下，抓著衣物袋的手突然感到無比潮溼。有那麼一秒鐘，他考慮著要不要告訴金在絢，自己腸胃不舒服，今天必須要在家休息。

但他還來不及拿起手機傳簡訊給金在絢，他就看見對方從機車上跳了下來，直接跑上人行道。金在絢按著門鈴好幾秒鐘，像火災警報似的電鈴聲，就足以把程喬恩趕出家門，好阻止金在絢繼續製造噪音。

於是他現在就和金在絢、蘇賢鈞與邵奕民一起在濱海公路旁的便利商店裡閒逛，一邊挑選要帶去海邊吃的零食，一邊閒聊。

這對程喬恩來說是一個全新的體驗：和朋友們一起騎車去海邊玩。啊，這句話裡頭，有好多他從來沒有想像過會出現在他生活中的元素。

「你是在笑什麼？」金在絢的聲音突然在他頭頂上響起。

程喬恩有點驚愕地抬起頭，只見金在絢的臉就在距離他幾吋遠的地方，正聳著眉看他。程喬恩幾乎可以感覺到他的鼻息打在他的臉上。程喬恩的臉頰逐漸升溫。

「對，對。」邵奕民轉過頭來，對程喬恩喊道。「程喬恩，你太安靜了。我們不能接受。」

「來吧，程喬恩。」蘇賢鈞從金在絢另一側探出頭，對程喬恩邀請道。「這兩種說法，你支持哪一邊？」

「我一定要選邊站嗎？」程喬恩問。

「你一定要選邊站。」溫志浩回過身看向他。

程喬恩的視線落在謝薇娟的臉上。她勾著嘴角，眨了眨眼睛，對他拋來一個美麗的微笑。但程喬恩還來不及做出任何回應，一隻大手就落在程喬恩的眼前，遮蔽了他的視線。

「你不能這樣！」金在絢的聲音對著謝薇娟大叫。「妳休想用妳的女性魅力迷惑他，女人。這樣有礙他公平公正的決定。」

程喬恩很想告訴金在絢說這對他是沒有用的。他確實覺得謝薇娟很漂亮，但那是一種對美的事物客觀的欣賞，就像他也會覺得神力女超人很美一樣。這並不代表她們就會有令他神魂顛倒的影響力。

接著，金在絢的手抓住了程喬恩的臉，將他轉向自己。

「好吧，為了公平起見，換我了。」他緊盯著程喬恩的臉，來回打量他的雙眼。「告訴我，程喬恩，你站在誰那一邊？」

程喬恩的心臟像是直接撞進他的耳膜，在他的耳中重重一擊。

或許謝薇娟的笑容對他沒有任何效果，但金在絢那張端正而乾淨的臉就這樣正對著他——嗯，殺了他吧。

他完全不知道自己現在是什麼表情——他只是愣愣地看著金在絢的眼睛，他的視線就像有自己的意識般，沿著金在絢直挺的鼻梁，一路來到他的嘴唇。金在絢的嘴唇有點乾裂，但卻是健康的粉色。他總是覺得金在絢的嘴唇形狀很吸引人，雖然薄，但卻有著好看的線條。此時，他的嘴角扯出一個歪斜的微笑，而程喬恩的眼中除了金在絢的笑容之外，再也看不見其他的東西。

「我——呃。」程喬恩聽見自己的聲音笨拙地說。「我覺得……我應該同意在絢的說法。」

金在絢「哈」地大笑一聲，卻沒有立刻放開他的臉。

「至少這裡還有一個人有點常識。」金在絢說。然後他才鬆開手，又撞了一下程喬恩的肩膀。「不錯嘛，程喬恩，我果然沒有看錯你。」

「這樣哪裡公平了？」謝薇娟已經走到另一座貨架旁，研究起各種口味的巧克力。「整群人裡他也只認識你跟溫志浩而已啊！」

周圍的其他人再度陷入七嘴八舌的拌嘴之中，但程喬恩幾乎一個字也聽不進去。他繞到店面最裡頭的冰箱旁，看著裡頭一瓶瓶的罐裝飲料。

他的心臟仍然在怦怦狂跳。剛才那個瞬間，究竟發生了什麼事？

這種大腦一片空白的情況，他從來沒有經歷過。就算以前校外教學時要和女生牽著手走路，或是因為體育課的舞蹈課程，要和另一個學生一起跳舞，他都沒有體驗過大腦瞬間停止思考的狀態。一個念頭竄進程喬恩的腦海。這就像……這就像是程喬恩在羅曼史小說裡看過的那種，男女主角的第一次接觸——

程喬恩暗自瑟縮了一下。羅曼史？

他一定是完全搞錯了，交朋友這件事。不，當然不是。程喬恩可沒有看見煙火，也沒有覺得全世界都慢下來了，更沒有突然想要吻他的衝動。這才不是什麼羅曼史。

他不確定時間過了多久，但金在絢的手落在他的肩上，把他嚇得跳了起來。

「你選好了沒？」金在絢說。「我們要出發啦。」

「噢。」程喬恩嚥下一口口水。「好了。」

他隨手抓了一瓶無糖綠茶，跟金在絢一起到櫃檯和其他人會合。

當他們再度上路時，程喬恩小心翼翼地把手放在大腿上，敏感地意識到金在絢的身體，就在距離他幾公分遠的地方。為了避免自己一直試圖在後照鏡中偷看金在絢的臉，程喬恩將視線投向護欄外的海洋，看著陽光在海面上灑下的點點金光。

他們距離海濱公園的距離沒有太遠了。又過了十幾分鐘，路邊的攤販便多了起來，兩側的停車格裡也停滿轎車。

程喬恩環顧四周。他從來沒有來過這個景點，就算在他爸媽翻臉之前也沒有。他爸爸對於帶他們出去玩沒有耐心，或許他也不覺得跟他的妻小出去會好玩。

放眼望去，人群移動的樣子和喧譁的聲音，不知為何突然讓他有點亢奮。當他回過神來時，他才發現，機車早就已經停下來了。

「我第一次看到有人可以睜著眼睛打瞌睡的。」金在絢說。「告訴我，你是怎麼做到沒從車上飛出去的？」

程喬恩抓著自己的袋子，手忙腳亂地從座位上爬了下來。「對不起。」

「不要再跟我道歉了。」金在絢把車箱的蓋子闔上，一邊用下巴示意前進的方向。「你有沒有算過，你對我說過幾次『對不起』？」

「對不……」程喬恩即時打住。金在絢好笑地看著他，像是在說：你看我是怎麼說的？

程喬恩忍不住笑了出來。

其他幾人已經走到了馬路的另一側，只剩下溫志浩站在車頭邊等著他們倆。眼看程喬恩下了車，金在絢便把車鎖上，三人一起往海灘公園所在的方向前進。

一陣微風夾雜著海水的味道，往程喬恩的臉上吹來。程喬恩四處張望著，將第一次見到的海濱公園收入眼底。他們還只是遠遠地看見主題樂園的摩天輪，一行人身邊就已經被前來玩樂的人潮所包圍。許多父母帶著孩子，也有和程喬恩他們年齡相仿的學生，更多的是比他們年紀稍長、但又還充滿玩心的年輕人。

四周充滿了人群喧鬧的聲音，而程喬恩置身在人群之中，好像自己的心臟也脹得滿滿的。這是一種他難以形容的感覺，就好像那些快樂的聲音和他的心產生了共鳴，使他的整個身體，都因為這樣的氛圍而顫動起來。

程喬恩的家庭關係從來稱不上是和諧，因此從他有記憶以來，他們家就沒有進行過這類的家庭活動。過年時，程喬恩幾乎都是和媽媽一起在外婆家度過的，那種全家人一起出去旅行的記憶，在他腦中不存在。程喬恩並不特別覺得遺憾——從來沒有擁有過的東西，當然也就不會產生被剝奪的感覺，對吧？

程喬恩的視線跟隨著一對父母和一個小女孩。小女孩的頭上戴著一個貓咪耳朵的髮箍，走在爸媽之間，一人牽著她的一隻手。她的脖子上掛著一個有提帶的飲料杯，隨著她蹦蹦跳跳的步伐，在她身前搖擺著。

小女孩看起來很快樂。那是程喬恩可以做出最直接的觀察。他們一家人看起來都很快樂。

走在金在絢身邊，程喬恩的身體似乎也因此產生了某種影響。他幾乎可以感覺到金在絢離他有多近——不知道是不是心理作用，他總覺得靠近金在絢那一側的皮膚，微微發麻。

程喬恩沒有發現自己露出了微笑。但是金在絢發現了。

「唷，看看你。」金在絢撞了一下他的肩膀。「我們都還沒有開始玩呢。你在笑什麼？」

「沒什麼。」程喬恩搖搖頭，但他也意識到，他難以抑制自己嘴角上揚的弧度。「我只是很快樂。」

「傻子。」金在絢說。「等一下還有更快樂的事，那你該怎麼辦？」

或許吧，程喬恩也得承認，自己這麼說真的滿蠢的。但是他沒有更好的方式來形容自己現在的心情了。他很快樂；光是什麼都不做，和金在絢及他的朋友們漫步在海岸邊的人行道上，身邊的小販林立，聽著行人興高采烈的聲音，就足以讓他感到快樂。

他很慶幸自己最後還是決定來了。

「好啦，海灘！」溫志浩在前面幾步遠的地方，雙手舉向天空喊道。

「我們來啦！」謝薇娟跟著發出歡呼聲。

「有時候，我覺得和他們出去真是丟臉。」金在絢低聲對程喬恩說。

這句話使程喬恩忍不住咯咯笑了起來。

一行人來到遊樂園下方的沙灘上。時間還不到中午，海灘就已經被許多遊客瓜分了。今天的天氣很好，陽光耀眼無比，在海面上灑下點點金光。

距離海浪稍遠的地方擺放著許多躺椅，邵奕民和蘇賢鈞早已跑去占據了兩張，正在朝他們的方向拖過來。溫志浩去附近的攤販租借了一把陽傘。謝薇娟從她帶來的帆布包裡拿出一捲毯子。

「介意幫我個忙嗎？」她對程喬恩說。

「呃，當然不介意呀。」

程喬恩幫著謝薇娟攤開那張巨大的毛毯，鋪在被陽光晒得溫暖的沙地上。謝薇娟把背包丟在毯子的邊緣，一屁股坐下。金在絢用其他人的隨身物品壓住毯子的四周，把腳上的拖鞋丟在自己的背包上。

程喬恩看著謝薇娟脫下牛仔外套，然後褪去掛在腰上的長裙，露出下方的運動短褲。他的理智告訴他這時候應該非禮勿視，於是程喬恩轉開視線，卻正好對上了金在絢的目光。只見金在絢勾了勾嘴角，用脣語無聲地對他說了一句：「幹得好啊，程喬恩。」

程喬恩皺了皺眉。什麼東西幹得好？

「你要用嗎？」

程喬恩看向謝薇娟，發現她正將一瓶防晒乳舉向他的方向。程喬恩打量了一下自己的外套，思索了一下。

「不用了，謝謝。」

程喬恩席地而坐，一邊張望了一下，但金在絢卻不見蹤影。蘇賢鈞和邵奕民已經脫下上衣，下身只穿著一件海灘褲。

「靠！」邵奕民雙臂交抱著，在陽光下繞著圈狂奔。「這樣好爽啊！」

「沒有人叫你現在就脫光啊。」蘇賢鈞翻了個白眼，然後開始活動起自己的四肢。

謝薇娟把防晒乳遞給他。

程喬恩在毛毯上坐下，閉上眼，感受著溫暖的陽光。海浪的聲音與遊客的歡笑聲交織在一起，構築成一幅完美的海岸樂園畫面。他看著溫志浩、蘇賢鈞和邵奕民拿出一顆沙灘排球，開始毫無規則地拋接起來。

「你要過去一起玩嗎？」謝薇娟問。

「嗯，我先不了。」程喬恩說。「我還想要再多晒一下太陽。」

「你聽起來像是七十歲的老爺爺。」

「也許我是啊。」程喬恩微微一笑。

程喬恩意外地發現，和謝薇娟說話很容易。這和他跟金在絢對話時的感覺大相逕庭——在金在絢身邊，他總是過度自覺，使他不確定究竟要怎麼說話或怎麼行事；這幾天，當他見到金在絢時，心臟也越來越常失去規律，這對他的狀況一點幫助也沒有。但是和謝薇娟不會，她身上有某種特質，使程喬恩感到放鬆。

謝薇娟是個很健談的女孩，她會拋出問題，並在程喬恩的句子說一半時就幫他把話接完。在這樣的節奏下，程喬恩逐漸放鬆下來。

不一會，他們的談話就被打斷了。

一個冰涼的飲料杯貼上程喬恩的臉頰，使他差點從沙灘上跳了起來。他倏地轉頭，卻看見金在絢拿著一整袋的冷飲站在一旁。

「不好意思，飲料外送。」金在絢露齒一笑。

「噢，真是貼心。」謝薇娟讚美道。

她一個翻身從毯子上站起身，接過金在絢手上的塑膠袋，在裡面翻找起來。

「啊，我的櫻桃可樂。」她滿足地拿出桃紅色的鋁罐，一打開，一股過度甜膩的香味便從裡頭飄散出來。

程喬恩愣愣地看著金在絢對著他伸出的那隻手。他的手中提著一個有背帶的飲料罐，上面印著海濱公園的標誌，背帶則印著七彩的顏色。這和他剛才看見的小女孩脖子上掛著的是同一款。

程喬恩不可置信地看著他。「這是……」

「嗯，我想說這是你第一次和我們一起來海邊。」金在絢說。「你也許會需要一個紀念品。」

他知道嗎？程喬恩懷疑地看著他。這是個巧合，還是他有注意到程喬恩看著那個小家庭的目光？

儘管知道這不太可能，但如果是第二種的話……程喬恩感覺自己的胸口微微發燙。

「裡面裝的就是冰紅茶，沒什麼特別的。」金在絢說。

程喬恩來回打量著金在絢的臉，想要從他的表情找出一點端倪。但是金在絢只是不耐煩地彈了一下舌頭。「你到底要不要？我的手開始痠了。」

程喬恩無法控制自己的嘴角。他露出一個燦爛的微笑。在溫暖的陽光下，他的臉頰也被晒得無比暖和。

「謝謝你。」

「來吧，快點。」金在絢邊說邊脫下自己的運動外套，露出裡頭穿著的寬鬆背心。「來海邊不打排球的話，你乾脆就別來了。」

程喬恩猶豫了一下。「呃，但是我從來沒有打過沙灘排球。」

「那你下一次來的時候，就有經驗了。」金在絢回答。「沒那麼難。我們可以教你。」

他把運動外套整齊地疊好，放在自己的拖鞋上。然後他對程喬恩伸出手。程喬恩來回打量著他的臉。

金在絢傲慢地看著他，像是在挑戰程喬恩敢不敢抓住他的手。

所以程喬恩把飲料杯放在他的袋子旁，接受了他的挑戰。

「好。」他說。「我們去打排球吧。」

他不知道是不是自己想太多了。但是他總覺得他們的手握得比必要的時間還長了一點。

金在絢沒有立刻放開他，在他站起身之後，還繼續看著他的臉。

程喬恩轉開頭，將視線投向不遠處的海面。

他可以感覺到金在絢的視線仍落在他的側臉上，不過程喬恩決定假裝沒有發現。

第八章　真心話大冒險

「所以，你再說一次我們要玩什麼？」蘇賢鈞的臉上掛著不可置信的笑容，雙手交抱在胸前。

溫志浩看上去顯得一片真誠，但是只有金在絢看得出來，當溫志浩看起來最無害的時候，就是他最會操縱人心的時候。「真心話大冒險。」他說。「這大概是最尋常的沙灘遊戲第一名了。」

「對啦，最好。你的數據是從哪來的？」蘇賢鈞嗤之以鼻。

「我一定會踹你的屁股，溫志浩。」邵奕民瞪著眼睛警告道。

「你是說在沙灘排球對決的時候嗎？」溫志浩對他露出最燦爛的笑容，幾乎就和午後的陽光一樣耀眼奪目。「但我記得剛才的比賽結果好像不是這樣喔。」

步。

邵奕民只是像一頭牛一般瞪著眼睛，雙腳堅定地站在沙地上，拒絕動搖一

「我覺得我好像才是最該抗議的一個。」謝薇娟撥了撥頭髮，擺出洗髮精模特兒的姿勢。「畢竟我可是這裡唯一的異性。」

「但事實是，沒有人在乎妳是異性。」金在絢大笑一聲，對她譏諷地咧開嘴。「不管妳是不是異性，我們都對妳沒有興趣。」

謝薇娟抓起一把沙子，往金在絢的肚子扔來。細小的沙粒沾到海水，黏在金在絢的肚皮上。「嘿！」金在絢抗議地低頭看了看，報復性地對謝薇娟踢去一腳的沙。

程喬恩只是坐在毯子的一個角落，滿足而安靜地看著他們，幾乎有些昏昏欲睡。此時是下午逼近傍晚的時刻，橘紅的太陽就在地平線上方不遠處。今天的天氣很好，他們很幸運——天空的漸層從淺淺的藍色開始，逐漸轉換成粉紫、然後是珊瑚橘，中間穿插著幾絲米白色的雲彩。從程喬恩的眼中望去，這幅景象，幾乎就像是有人用畫筆畫出來的。不，不對——是人類的畫筆，試圖模仿大自然中最美好的景色。

不久前，當他們的沙灘排球打到一個段落，坐在一旁喝飲料休息時，金在絢告訴他，這裡的夕陽是全海岸最美麗的夕陽之一。原本還有些半信半疑的程喬恩，現在終於可以理解這個評價是怎麼來的了。

「而且我們這裡還有程喬恩。」溫志浩對著程喬恩的方向打了個手勢。「真心話大冒險是用來了解新朋友最好的方式吧。」

話題突然往程喬恩的方向轉來，使程喬恩的微笑僵在臉上，剛才的寧靜突然煙消雲散。他從來沒有玩過這種遊戲，主要是因為他從來沒有朋友願意和他一起玩這個遊戲。會有哪些問題？如果他沒有答案呢？更糟糕的是——如果他說錯答案呢？

蘇賢鈞和邵奕民不以為然地哼了一聲，但是仍然在毯子上坐下。六人圍成了一個小圓圈，中間圍繞著大家的飲料瓶。溫志浩仍然打著赤膊，肩上掛著浴巾，頭髮因為浸泡了海水，在他頭上亂成一團。謝薇娟套上了她的牛仔外套，但雙腿仍裸露在外，交疊在前方。金在絢則披上自己的運動外套，坐在程喬恩身邊。金在絢的手撐著地面，他的手指距離程喬恩只有幾吋遠的距離。

程喬恩小心翼翼地把手放在大腿上，避免與金在絢產生意外的接觸。

「所以，我們的規則是這樣的。」溫志浩說。「我們轉瓶子來決定誰先提問。發問的那個人，就要最後一個回答自己的問題。等到這一輪結束之後，就換他左手邊的人提問。超級簡單吧。每個人有一次機會，跳過某個問題不回答。」

溫志浩咧開嘴，眼神中閃爍著惡作劇的光芒。

「——但是不回答的人，就要完成提問者的大冒險。」

「所以，基本上每個人都一定要玩到。」蘇賢鈞哼笑一聲。「我記得真心話大冒險不是這樣玩的吧？」

「別這麼扭扭捏捏的。」金在絢對他翻了個白眼。「就一句話——你們到底要不要加入？」

蘇賢鈞看了邵奕民一眼，而邵奕民只是聳聳肩。「管他的。」

程喬恩好奇地打量著眼前的兩人，有些困惑。他們之間散發出一種氛圍，使他們好像無比親近。從他們交換眼神的方式，程喬恩幾乎可以感覺到，他們就算不靠言語，也能和彼此溝通。程喬恩很想知道，這是不是就是所謂真正的朋友。

「很好。」溫志浩宣布道。「那我們就開始吧。」

他拿起其中一個空可樂瓶，在旁邊的空地上旋轉起來。瓶子在沙地上打轉了幾圈，最後指向邵奕民的方向。

邵奕民看著自己的腳趾，思索了一陣。

「好吧，我們來個初學者的題目。」他笑了一聲，說話的聲音十分低沉。「你們人生中最後悔的事是什麼？」

溫志浩吹了一聲口哨。「很有深度喔，大哥。」

第一個回答的人是蘇賢鈞。「我人生中最後悔的事，大概就是跟我爸媽一起搬來臺灣。我發誓，我最應該做的事就是留在多倫多。」他說。「這樣我就不會認識你們這群損友了。」

「噢，但是。」溫志浩意有所指地說。「這樣你也不會認識邵奕民囉？」

蘇賢鈞對他比了個中指，卻只讓溫志浩大笑出聲。

程喬恩來回打量著蘇賢鈞和邵奕民的臉。邵奕民只是挑著眉，一臉淡然；但皮膚白皙的蘇賢鈞，臉頰顏色明顯地加深了。

「好吧，換我了。」坐在蘇賢鈞左手邊的溫志浩開口。他頓了頓。「我在七年級的時候，曾經對一個人說過很不對的話。而那個人，直到現在——都過得很不好。那大概是我這輩子最後悔的事吧。」

這句話結束後，六人之間進入一股短暫的沉默。程喬恩只是定定地觀察著溫志浩。或許沒有人預期到他會給出這麼令人意外的答覆；畢竟，這個遊戲最主要的目的，不就是娛樂而已嗎？

一會兒後，邵奕民開口：「唔，這才叫深度。」

「你？」金在絢接著說。「我們的萬人迷溫志浩，居然也會有說錯話的時候？」他誇張地捂住半邊臉。「時間？地點？對象？還有，為什麼我不知道？」

溫志浩對他舉起一隻手指，咧開嘴。「喔哦，不能這樣。」他說。「只能問一個問題，記得嗎？我已經回答啦。」

「這樣不算犯規嗎？」金在絢抗議道。「你幾乎什麼都沒說啊。」

溫志浩把手一攤。「回答就是回答了。現在，下一個。」

「真會轉移話題。」謝薇娟歪嘴一笑，然後舉起雙手。「我的話嘛……我最後悔的事，大概就是高中這三年，都還沒有好好交一個男朋友吧。現在剩下一年就要畢業了，我覺得有點要來不及了。」

「高中交什麼男友？」金在絢說。程喬恩轉頭看向他，正好看見他在翻白眼的模樣。「反正最後還不是只會走向分手這個結局。」

「重點不在結果，是在過程，小寶寶。」謝薇娟回嘴。「但是這對你來說可能太難理解了。」

「對，沒有交過男友的戀愛大師，妳最懂了。」金在絢竊笑起來。

程喬恩只是看著兩人隔著他一來一往地鬥嘴，卻忍不住陷入思索。金在絢這番話，是他自己內心的信仰，還是只是為了要堵謝薇娟的嘴而隨口說說的？

如果是後者呢？如果是前者呢？

但程喬恩還來不及細想這其中代表的意義，謝薇娟的手肘就頂了頂程喬恩的肩膀。

「換你囉，新朋友。」程喬恩回過神時，只看見謝薇娟對他露出微笑。「也來個有深度的回答，如何？」

程喬恩咬了咬嘴唇，思索了一下。他的人生中或許有很多事情與他設想的不一樣，但是真要他說自己後悔什麼，他一時之間卻又說不出來。

接著，一個念頭突然閃過他的腦中。

「我的話……」他聽見自己這麼說道。「也許是我該再和我媽媽說多一點話。」

話音剛落，程喬恩的臉就紅了起來。他是不是傻了，才把自己家裡的私事拿出來講給這些初次見面的朋友們聽？誰會在乎？更糟的是，他們會怎麼看待他？

但是那些落在他身上的目光並沒有任何一點嘲諷，或是嘻笑。程喬恩抬起視線，掃過這群圍繞在他身邊的人們臉龐。他們只是靜靜地看著他，等待他說下去。

也許是因為氣氛，也許是因為今天一整天的經驗，使程喬恩多了平常不屬於他的那種勇氣。他嚥了一口口水，再度開口。

「我知道她一個人照顧我很辛苦。」程喬恩輕聲說。「我只是……不知道要怎麼對她說心裡話。」

「嗯。」謝薇娟說。「也許，她也不想要勉強你。」

程喬恩轉過頭去看著她。

「對啊，程喬恩。」金在絢的聲音說道。「她大概也知道，這對你來說可能不太容易。所以，你又何必勉強你自己？」

「來吧，讓我們敬一杯。」謝薇娟舉起腳邊的櫻桃可樂。「敬偉大的媽媽和貼心的兒子。」

其他人紛紛對著程喬恩舉起飲料杯。謝薇娟伸出手，拍了拍程喬恩被海風吹得糾結的頭髮。金在絢喝了一口可樂後，便伸出手臂，勾住程喬恩的脖子，搖晃了他幾下。

程喬恩的體內彷彿產生一股暖流，在他的身體循環。金在絢的手並沒有在他身上停留很久，他的舉動也完全是純友誼，但是程喬恩仍無法控制自己的臉龐逐漸熱起來。他只能慶幸，現在的天色逐漸轉暗，其他人應該無法看出他臉頰上的紅暈。

「換我了。」金在絢說。「我從來不做會讓我後悔的事。所以我的答案就是，沒有。」

他的話音一落，他們的小圈圈裡便一陣噓聲四起。

「屁啦，金在絢。」溫志浩大叫。「不，不。這個答案不算數。真心話的精髓就在於，你得說實話。這算是哪門子回答？」

「你沒辦法證明這不是真的啊。」金在絢回嘴。

「不行，我們不接受這個答案。」謝薇娟伸出一隻手指，指著金在絢的鼻尖。「你得接受懲罰。」

「沒有這條規則！」金在絢抗議。

「嗯，現在有了。」溫志浩說。「你不能毀了這個遊戲，大哥。我們的目的是為了多了解彼此——多表達自己的感受，對吧？你這個回答，只讓我們知道你是個滿嘴屁話的人。」

「這不就是我的人格特質最真實的展現嗎？」

「好吧，金在絢，你得接受懲罰。」邵奕民搖了搖頭。「讓我想想……我知道了。我要你去跟那邊那個女人說，你是外星人，但是你找不到你的太空船了。」

「這有什麼難的？」金在絢站起身，就要準備往躺在不遠處的長椅上休息的女子走去。

邵奕民伸出一隻手，阻止了他。「為了避免你又耍小聰明。」邵奕民補上一句。「我們要派蘇賢鈞去監督你。」

金在絢的臉有一瞬間變得扭曲。蘇賢鈞咧開嘴，從毯子上站了起來。「走吧，金在絢。我們去找你的太空船。」

包括程喬恩在內的所有人全都爆笑出聲。謝薇娟拿出手機錄下金在絢和蘇賢鈞的背影，一邊歡呼。當金在絢和蘇賢鈞回到他們的圓圈內時，溫志浩已經笑到直不起腰了。

金在絢踢了邵奕民的大腿一腳。「那女人覺得我是神經病。多謝喔。」

「你們一定要聽聽她的回答。」蘇賢鈞在一旁說道。「她說——而且是非常嫌惡地這樣說——『太平洋沒加蓋，你可以跳下去找找看。』」

又是一陣爆笑，而程喬恩笑到眼淚都從眼角湧了出來。金在絢還是一副自尊心受創的模樣，但是他也在笑。謝薇娟笑倒在程喬恩身上，溫志浩則被自己的口水嗆到，咳得像是肺都快要噴出來。

等到笑聲終於止息後，才輪到邵奕民回答。他說自己最後悔的事，就是沒有在小時候好好運動，所以現在他才會長不高。

金在絢抗議這也不是最真實的答案，但是他的抗議被所有人駁回了。

接下來輪到蘇賢鈞提問。看著蘇賢鈞臉上的表情，程喬恩意識到，這個遊戲從現在開始會變得很不一樣。氣氛變得熱絡起來，而且由於金在絢剛才信口胡謅的回答，現在大家的提問方向，一定不會再像邵奕民的這麼親切了。

「你們的初吻是在什麼時候？」蘇賢鈞說。「不能只回答年紀。你必須給我們一點故事。」

溫志浩一點也不畏懼這個問題：他的初吻是在小學四年級，對象則是和他同一個教會的女孩。那個女孩大他兩歲，而在他們接吻完後，那個女孩說：「對不起，溫志浩，但我喜歡更成熟一點的男人。」

謝薇娟的初吻是在八年級，不過那個男孩後來沒有成為她的男友，而是跟她的閨密在一起了。

「好了，程喬恩，換你了。」謝薇娟期待地看著他。「你的初吻是在什麼時候？」

「嗯……」程喬恩嚥了一口口水。他不太確定自己這樣的回答會不會被懲罰。但是他說的是再真誠也不過的實話。「我還沒有過初吻——除了我媽之外。」

謝薇娟瞪大眼睛。

「不可能。」她搖著頭。「這應該要被懲罰了吧？」

「可是我說的是實話。」

「我才不相信。」謝薇娟說。「你很可愛，而且你長得很好看。你怎麼可能還沒有過初吻？」

「嗯，謝薇娟的意思是——」一隻大手抓住程喬恩的肩膀。金在絢一把拉住程喬恩，往自己的方向拉。「——她不介意成為你的初吻。實在有夠噁心的。」

「哪裡噁心？」謝薇娟回嘴。「而且我也沒強迫他。如果程喬恩想要有初吻，他當然知道哪裡可以找得到。如果沒有，那也沒關係。一切都很好。對吧？」

程喬恩從來沒有考慮過初吻這件事。嗯，好吧，這是個謊言。他確實幻想過初吻會是什麼樣子。他的筆記本中，寫著他曾經幻想過的初吻場面，但那也是從他喜歡的電影中看來的——他會閉上眼睛，而即使闔著眼皮，他也能看見像煙火一般絢麗的光芒；他的腳會向上踮起，感覺他整個人都像是要飛離地面似地輕飄。但是和他接吻的對象呢？程喬恩毫無頭緒。他從來就不知道他能在對方的位置上填入哪個人的臉。

「程喬恩，別上她的當了。」金在絢的聲音在他的耳邊說道。「她只是想要占你便宜而已。」

程喬恩回過頭去。當他看見金在絢的臉在路燈的照耀下，有一半陷入陰影中的模樣時，他腦中有個東西發出了喀嚓一聲——某個東西進入了正確的位置。程喬恩原本還在回想他曾經有過的初吻幻想——而此時，或許是因為他正好看見金在絢的臉，那個幻想中空白的臉孔，突然被填入了金在絢的臉。

「唔。」程喬恩下意識地舉起手，摀住嘴。

這樣是不對的。先別提金在絢是男生、而他也是男生這麼明顯的事實。最糟糕的是，當他腦中浮現出他和金在絢接吻的畫面時，他只覺得——好像有那麼一點太理所當然了。他驚恐地發現，他的大腦開始不受控制地運作起來，朝他拋來一個又一個荒唐的幻想。

他曾經近距離看見金在絢的薄唇，有點乾裂、卻是看起來如此柔軟的粉紅色。金在絢說話時，嘴唇微微掀動，露出一點點牙齒的模樣。金在絢的手抓著他的肩膀，把他往身上拉近，他的手指骨節分明，讓他的皮膚微微發疼……靠。這根本就不是幻想。除了他們的嘴唇真正相貼的那個部分以外，其他的一切，全都是徹頭徹尾的現實。

一股熱血往程喬恩的腦門衝去。然後他突然覺得下腹一緊。

程喬恩立刻縮起雙腿，用手臂抱住自己的膝蓋。要命——噢，真是要命。

這一切都太不對勁了。他為什麼會在想像自己和金在絢接吻的時候起生理反應？而且還是在這麼多人面前。他該怎麼辦？如果被金在絢發現的話，他會怎麼想？

「夠了吧，你們。」邵奕民的聲音硬生生地打斷了程喬恩腦中的小小戰爭。「別把第一次出來玩的朋友弄哭了。」

「他才不會哭呢。」金在絢放開他——這對程喬恩腦中無法控制的幻想至少有了一點幫助。程喬恩立刻從他身邊退開，遠離與他的身體接觸。「他可是個硬漢，被蕭愷帆揍了都沒掉半滴眼淚啊。」

程喬恩勉強露出一個微笑，做為附和。

他突然對這個接下來的方向感到非常不安。

*

金在絢知道溫志浩提議玩真心話大冒險的目的是什麼。他早就知道蘇賢鈞和邵奕民之間有點什麼正在發酵——事實上，大家都知道，只有他們兩個覺得自己還藏得很好。邵奕民從來沒有避諱自己是同性戀的事實，而蘇賢鈞，嗯，他總是擺出那種什麼都不在乎的態度。但是眼睛功能正常的人，都看得出來他們兩人之間不需要用語言溝通的默契。

而溫志浩玩這個遊戲的目的，也只不過是想要看他們會擦出什麼火花罷了。

金在絢是個很有風度的人。他不在意溫志浩挖了一個超大的陷阱，就連金在絢都不小心被他一起丟進坑裡了。但是，當然，這也不能怪他。誰叫金在絢沒有把自己現在最大的祕密告訴溫志浩呢？

「嗯，我的初吻。」金在絢說。「是在小學的時候。應該是四年級吧，或是五年級。我不記得了。沒什麼特別的——兩個人都是小孩。我們什麼屁都不懂。最後只記得牙齒撞得很痛而已。」

聽見他的答案，溫志浩的眼睛一亮，像是嗅到骨頭的小狗一樣。

「四年級？」他說。「我怎麼會不知道？是誰啊？」

「就像我也不知道你在教會親過那個女生一樣。」金在絢反擊。

他猶豫了一下，不確定自己這時候是該讓這個問題就這樣過去，還是多透露一點資訊。他轉過頭，看見程喬恩抱著膝蓋、眼神死死盯著眼前的毛毯。

這是什麼意思？金在絢微微聳起眉。程喬恩對他的初吻沒有興趣嗎？

金在絢說不清這是哪一種心理在作祟。程喬恩這段時間以來的表現，明明都是透露著好感的。不管是當他和金在絢獨處時，總是在他臉上徘徊的視線，或是每當他和程喬恩不小心相撞時，程喬恩都會像被燙到般彈開的動作——這要他說只是一般朋友之間的相處嗎？不了，就算金在絢是個自欺欺人的高手，他也辦不到。

而現在，他在談論自己的初吻對象，但程喬恩卻一點反應也沒有？這不合理。

於是金在絢決定，稍微推他一把。

「嗯，你記得陳楷勛吧？」他刻意用隨興到不能更隨興的聲音說道：「我們班上那個有留小辮子的男生？」

溫志浩呆滯了兩秒鐘。然後他的眼神中閃過了一絲光芒，瞬間瞪大雙眼。

「什麼？」他說。「你的初吻對象是男生？」

謝薇娟皺起眉，瞇起眼睛，似乎不知道她該做何反應。蘇賢鈞和邵奕民的表情沒有任何改變，他們只是對看一眼，點了點頭，不知道在交換什麼無線訊號。

至於程喬恩——他的頭倏地抬起，轉向他的方向。在路燈下，程喬恩那雙淺色的大眼睛，淺得幾乎透明，直勾勾地望著他。

很好。他的行動產生了期望中的效果。他不知道這是出自於哪種病態的動機，但他就是想要看到程喬恩對這句話產生回應。他想要程喬恩在意他吻過誰——儘管那根本稱不上是個吻。

「這不代表什麼，好嗎？」金在絢說。「我們當時只是在打賭而已。那傢伙是個白痴，我就賭他不敢親我。嗯，事實證明，他就真的是個蠢蛋。」

這整番話都是事實，金在絢只是漏掉了一個小小的細節。陳楷勛就是他當時喜歡的那個男孩。十歲的金在絢不懂什麼叫喜歡、也不知道接吻究竟有哪些訣竅，但是至少有一件事他很清楚，他想要接近那個男孩。而激將法，在那個年紀的孩子身上是最好用不過的了。

那男孩在他的挑釁下，笨拙地和他接了吻，但他們兩人都不知道自己在做什麼。那個吻突兀地開始，又更突兀地結束。直到現在，金在絢猜想，陳楷勛大概都不知道，當時自己是中了金在絢的圈套。

想到這一點，金在絢就忍不住竊笑起來。

「那時候很好玩。小時候我們都是傻子，對吧？」金在絢說。「我是說，誰懂啊？」

看著溫志浩充滿疑惑的眼神，金在絢的笑容變得更大了。他回答得真好。他讓所有人知道他曾經吻過一個男孩，但是他表現得好像那就只是兩個孩子不懂事的惡作劇而已。沒有人能用這件事來認定他是同性戀，或是問他那些關於同性戀的蠢問題——但同時，如果他運氣好的話，他又能讓程喬恩開始多想。

他轉過頭，對程喬恩投去一個眼神。程喬恩只是睜著眼睛，嘴脣抿成一條細線。即便在這麼昏暗的燈光下，金在絢都能在腦中描繪出程喬恩的脣形。他忍不住猜測，親吻那雙嘴脣會是什麼樣子……又一次。

他得承認，他的大腦在他的意志力最薄弱的某些時刻，確實往他的心中丟進了一閃而過的幻想。當程喬恩靠在他的手臂旁，看著他寫下的西班牙文時，他會想像，如果他把程喬恩的身子攬在懷裡，那會是什麼感覺。看著程喬恩認真寫字的側臉，他的眼神總會無法克制地順著他的鼻子與嘴唇的輪廓移動，然後他就會想知道，他的下唇在他的手指下會是什麼觸感。

他從來沒有好好抓住哪一個畫面好好玩味，一方面是因為他總覺得，那樣好像就是跨過一條無形的界線，至於是什麼界線，他也說不上來；另一方面，是他擔心自己未來會後悔。

他不希望自己真正喜歡上程喬恩，不。那只會為他帶來痛苦而已——等到他高中畢業，他就要離開這個國家了。屆時，不管他有多喜歡這個孩子，不管他們的關係發展成什麼樣子，他們都會被迫停止。光是想到這一點，金在絢就覺得，他寧可不要開始。

但是此時，看著程喬恩清澈的雙眼與疑惑的面孔，金在絢開始有點懷疑，他喝下去的可樂被人下了藥。或許是因為海灘的氣氛太過活躍，又或許是因為這個遊戲使他的大腦無法照著平常的邏輯思考，金在絢突然覺得，他的堅持似乎失去了意義。

就算他喜歡程喬恩，那又如何？就算程喬恩喜歡他，那又如何？

他們之間或許不一定要以心碎告終，就像他爸媽那樣。只要他們不說破，他們就能繼續享受這種喜歡的狀態——而且還能免去最後不得不面對的分手。

誰說喜歡就非得在一起不可，對吧？

難道他們不能就停留在喜歡就好了嗎？

金在絢心中的某個結，瞬間應聲而解。他覺得自己的身體突然變得輕盈，而他此時最想做的事，就是一把將身邊的程喬恩抓進懷裡。

但他當然不能這麼做。

「好啦，下一個。」金在絢對邵奕民咧開嘴。「我也有點好奇——像你這麼臭脾氣的傢伙，誰會想要給你初吻？」

邵奕民踢了他一腳。

邵奕民和蘇賢鈞的回答都沒什麼讓人意外的地方；邵奕民的初吻發生在七年級，蘇賢鈞則是八年級，溫志浩評論他們的對象不是對方真可惜，然後被蘇賢鈞賞了一根中指。

不過接下來，溫志浩的問題就讓遊戲往非常瘋狂的方向發展了。金在絢一直都知道溫志浩有點瘋瘋的，但他沒想到他會這麼瘋。

「各位，準備好要來點刺激的了嗎？」溫志浩說。他的口氣，讓金在絢幾乎可以想像他在心中摩拳擦掌的模樣。

「噢，拜託。」謝薇娟翻了個白眼。「不會又是問性幻想對象之類的吧。無聊。」

溫志浩一手按在胸口，露出哀傷的神情。「當然不是，我在妳心中是這麼老掉牙的人嗎？」他咧嘴一笑。「你們最近一次看的A片，主題是什麼？不能只說關鍵字——老樣子，你必須告訴我們一小段故事。」

金在絢忍不住爆笑出聲。這傢伙，為了惡整蘇賢鈞和邵奕民，就非得這麼無所不用其極。金在絢是不介意分享自己喜歡的關鍵字的——他只要避開主角的性別就好了。

他瞥了一眼縮在一旁的程喬恩。從剛才開始，程喬恩就一直維持著雙手環抱著膝蓋的動作，看起來就像被人關禁閉的小狗。聽見溫志浩提出的問題，程喬恩的眼睛一瞬間睜大；金在絢幾乎可以看出他的冷汗從額頭冒出來的樣子。

「你嗑嗨了吧，溫志浩。」他說。

「這是哪門子的爛問題？」蘇賢鈞說。「靠！這種話題，連另一半都不一定會分享……」

「你們完全可以選擇跳過這一題，然後接受懲罰。」溫志浩聳聳肩。「但是你們別忘記，後面還有金在絢的問題。」

面對蘇賢鈞對他投來像飛鏢一樣尖銳的目光，金在絢只是無害地雙手一攤。

「我不知道。」金在絢說。「我的母星還沒有把問題傳來給我——」

溫志浩大笑出聲。

「好啦，各位。有點風度行不行？這只是一個遊戲罷了。」他舉起三隻手指，一本正經地說。「我發誓，今天在這裡說的話，都只會停留在這座海灘上。不管你們的性癖是什麼，在這裡都很安全。」

「去你的，溫志浩。」蘇賢鈞回答。

謝薇娟氣急敗壞地嘆了一口氣，說她最近看的一部A片是乾爹系列。

「反正我這輩子都不可能有乾爹——幻想不犯法吧？」她有點過度自我防衛地說。

如果今天換成別的團體玩這個遊戲，謝薇娟身為唯一的女性，或許還是跳過這個問題比較好；但是金在絢懷疑，他們整團人都不太在乎她的喜好。

真要問他的話，他反而比較好奇程喬恩的答案。

像程喬恩這樣有點害羞、又有點沉默的內向孩子，他會喜歡看什麼類型的A片？

在大家的目光聚集下，程喬恩垂著視線。雖然在夜晚的光線下無法看清，但金在絢知道程喬恩一定滿臉通紅。他的手指緊緊揪在一起，或許正好反映出他內心的糾結。

然後他緩緩抬起頭，看向溫志浩。

「我沒辦法回答這個問題。」他低聲說。「給我懲罰吧。」

金在絢忍不住挑起眉。什麼？

他不知道自己在期待什麼。

是，他當然知道這和他無關，而且程喬恩本來就有權不分享這麼私人的事情。但他也不得不承認，此刻他內心所湧起的失望之情，遠比他想像的要強烈多了。

「這個放棄也太乾脆了吧，程喬恩。」金在絢說。「你確定不把跳過問題的機會保留到我發問的時候嗎？」

「對啊，程喬恩。」溫志浩說。「你就這麼相信金在絢不會提出更刁鑽的問題？」

不知道是不是他想太多了，但他覺得程喬恩很努力地在迴避他的目光。他用過度認真的眼神直盯著溫志浩，像是想要利用溫志浩來轉移自己的注意力。

「我可以接受懲罰。」他說。

「好吧，如果你堅持的話。」溫志浩低下頭，考慮了一下。「我真的不是很會想懲罰。」他的眼神從程喬恩身上轉開，移向坐在一旁的金在絢。然後他笑了起來。「好，我知道了。程喬恩——你的懲罰是這個：和金在絢對望三十秒，中間不能轉開視線。而且——要十指交扣喔。」

金在絢的心臟加速起來。

「嗯，雖然這樣說不太好。」蘇賢鈞說。「要和金在絢牽著手對望三十秒，這個懲罰是滿邪惡的。」

「你是什麼意思？」金在絢對他咧開嘴。「這算是程喬恩的福利才對吧。」

他轉向溫志浩。

「你確定這是程喬恩的懲罰嗎？我怎麼覺得你比較像是在懲罰我？」

「蘇賢鈞說得對。」溫志浩說。「光是想像跟你對望三十秒，我就覺得——」

他用誇張的動作打了個寒顫，一邊搓了搓雙臂。

「——不，用想的就覺得不舒服。」

「去吃屎。」

金在絢對溫志浩亮出中指，接著轉向程喬恩。

程喬恩緊咬著嘴唇，死都不肯看他。嗯，根據他對程喬恩的理解，他不得不說，這個懲罰倒是意外地到位。要程喬恩動也不動地看著他三十秒，而且還牽著手？現在他有點期待了。

「好吧，程喬恩。」金在絢從毯子上站了起來，拍了拍自己的短褲。「站起來。」

程喬恩有些彆扭地站起身，一邊調整了一下自己的褲子。他的手緊握成拳頭，貼在身側。他踏出一步，站到金在絢面前。

此時，程喬恩臉上的表情，只能用視死如歸來形容。

「幹麼？」金在絢知道自己不該這樣做，但是他就是忍不住。告他啊。「和我牽手，讓你這麼痛苦嗎？」

「不。」程喬恩立刻回答。

他抬起眼，此時終於對上金在絢的視線。

金在絢不禁微笑起來。要命，他為什麼之前都沒有注意到，程喬恩手足無措、卻又想要保留自己顏面的樣子會這麼可愛？

金在絢也往前踏出一步，縮短了他和程喬恩之間的距離——或許縮得有點太短了。他們兩人的胸口幾乎貼合在一起，如果其中一人深吸一口氣，他們就會相撞。程喬恩以肉眼可見的動作嚥了一口口水。

金在絢的視線外，他聽見邵奕民發出了一聲鼓譟的歡呼。他伸出手，將程喬恩垂在身側的兩手牽了起來。他將手指緩慢而堅定地卡進程喬恩的手指與手掌之間，並感受到程喬恩並不強硬的抵抗。他們的手掌相貼，手指交纏在一起。程喬恩的手沒有用力，只是任由金在絢抓著。

「計時開始，三十秒！」他聽見溫志浩的聲音這麼說道。

金在絢低下頭，眼睛在程喬恩的面孔上來回遊走。

程喬恩比他矮了半顆頭，微微仰起臉，眼睛眨也不眨，面無表情地看著他。但是金在絢可以感覺得到，程喬恩的手在微微發著抖。

嗯，現在已經沒有回頭路了。所以他何不稍微得寸進尺一下、試試他的運氣？

「我喜歡你的眼睛。」金在絢輕聲說。程喬恩的眉毛微微向上抬起，眼神變得驚慌。金在絢微微一笑。「不對，這樣說不對——我喜歡你的整張臉。」

他感覺到程喬恩牽著他的手突然掙扎了一下。

金在絢只是不動聲色地把他的手握得更緊。他知道自己這樣太壞了，可憐的程喬恩根本就無處可逃。但是這種機會可不是天天都有，對吧？

金在絢可以在耳中聽見自己的心跳聲。他從來沒有在任何人身上體會到這種感覺，好像他的心臟就要準備從胸腔裡跳出來似的。

程喬恩的捲髮落在他的前額，微微遮住了眉毛。有深色的髮色襯托，他的那雙眼睛美麗得令金在絢屏息。

在這麼近的距離下，他感覺得到程喬恩從鼻孔中呼出的氣息。而他很確定，那股顫抖的鼻息，絕對不是他的錯覺。

這種現象令金在絢感到陌生。但是他發現，他並不討厭。

四周的聲音一瞬間全部消失了，就連海灘上的遊客，也直接從背景中蒸發。此時，這個世界好像就只有他和程喬恩兩個人。

「然後，我也喜歡你的嘴唇。」

他稍微垂下視線，眼神掃過程喬恩已經咬得通紅的雙唇。它們看起來柔軟而小巧，金在絢幾乎可以想像出它們的觸感。他好想碰他的嘴，不管是用手指或是嘴唇都好。

他再度望向程喬恩的雙眼，然後一字一句緩緩地說：「你知道嗎？如果可以——」

「——時間到！」

金在絢發誓，在那一瞬間，他真的有一種想要揍溫志浩的衝動。

他眨了眨眼，突然從某種魔咒中清醒過來。他才剛鬆開自己的手指，程喬恩便以過快的速度把手抽了回去，接著他一屁股跌坐回地上，再度用手抱住自己的膝蓋。

哇喔。剛才那是怎麼回事？

「呼，這也太火辣了吧？」溫志浩誇張地用手搧著風，對金在絢露出譏諷的微笑。「看吧？我就說跟你牽手是懲罰。」

金在絢的大腦彷彿陷入某種難以移動的泥沼中，幾乎難以轉動。他有些遲緩地在與自己失去連結的詞彙庫中，搜尋適當的字詞。

「這要問程喬恩才算數啊。」他勉強擠出一個微笑。「他有覺得自己受到懲罰嗎？」

「嗯，你看他連頭都抬不起來的樣子。」邵奕民評論道。「我覺得他是有受到懲罰了啦。」

金在絢的目光落在程喬恩的身上，但程喬恩拒絕抬頭看他。金在絢不太確定現在自己要用什麼方式看待程喬恩——但剛才他們對視的三十秒，幾乎就像三十分鐘，或是更久。同時，又像是永遠不夠。

這樣很不妙。

這樣真的、真的很不妙。

「好啦，金在絢。」溫志浩歡快的聲音說道，完全沒有發現金在絢的大腦現在正被風暴所籠罩。「接下來換你了。」

第九章　急轉直下

〔我還是不知道朋友究竟是什麼。這樣會顯得我很像白痴嗎？但是我知道，對我來說，在絢和志浩、和薇娟他們都不一樣。今天沒有和在絢說到話，我就好想要去找他。但是我可以去嗎？他會想要我去嗎？

他也會這樣想到我嗎？我不知道他在想什麼。如果他也有一樣的感覺，他會想讓我知道嗎？我想知道他的故事，如果我不問，他會說嗎？

我好喜歡他，可是我覺得好可怕。我好想讓他知道，但是又覺得這樣做是大錯特錯。這種感覺怎麼這麼讓人害怕呢？〕

正準備要前往腳踏車棚的程喬恩，在歷史大樓前遇到了周以樂。就在他要爬上臺階時，他一抬頭，就看見周以樂從坡道上走下來。程喬恩對他揮手，但是周以樂低垂著頭，似乎沒有發現他。

「以樂！」程喬恩抓著背包，往周以樂的方向跑去。「嘿，周以樂！」程喬恩以為周以樂會停下腳步，或者至少對他露出笑容，但是周以樂只是悶頭向前走。直到程喬恩抓住他的肩膀，他才像被嚇到一般渾身一顫，抬頭看了他一眼。

程喬恩忍不住皺起眉頭。這孩子是怎麼了？

周以樂的目光瞥向一旁，迴避程喬恩的視線。「嗨，喬恩。」他低聲說。

「我剛才叫了你好久。」程喬恩說。「你還好嗎？」

這個問題一問出口，就讓程喬恩心中湧起一股罪惡的情緒。他當然知道，周以樂可能一點也不好。說起來有點慚愧，但是他已經好幾天沒有和程喬恩一起吃午餐了，也幾乎沒有在學校的其他地方遇見他。

自他們從海邊回來之後，程喬恩都沒有再和周以樂坐在同一桌。程喬恩很想說這不是他的錯，畢竟——畢竟，他也不是必須負責周以樂的安全。但是只有程喬恩自己清楚，是他在新朋友與周以樂之間做了抉擇。

說實話，在海灘那天玩了令人不知所措的真心話大冒險之後，程喬恩整個星期天都在非常奇怪的心理狀態中度過了。他們本來就沒有在用訊息閒聊的，但不知道為什麼，那個星期天，程喬恩都一直有意無意地注意自己的手機螢幕。他不知道他在期待什麼，或許是來自金在絢的解釋。

不論那個懲罰究竟是溫志浩有意還是無意，金在絢無疑都把它提升到另一個層次去了。老天，就算是事後回想那短短的三十秒，程喬恩都還是會感到全身發熱。

從來沒有人這樣對他說過話。就算只是金在絢想要把他的懲罰再加碼也一樣。程喬恩也從來沒有在這麼難為情的場合下起過生理反應。星期六回家的車程中，他只是把自己縮在椅墊上，迴避和金在絢在後照鏡裡的眼神接觸。當金在絢把機車停在他家門口的時候，對他說了一聲晚安，而程喬恩幾乎是用逃的衝回屋子裡，他甚至不確定自己有沒有回答。

天啊。為什麼會變成這樣？

雖然他並不特別喜歡，但隔天一整天的沉默，對程喬恩來說或許是最好的。他必須讓自己冷靜下來——順便思考自己究竟要怎麼面對金在絢。

星期天，程喬恩在筆記本中寫掉了整整五頁，儘管他還是沒有得出什麼結論。

只有一件事情他可以肯定。他完完全全、徹頭徹尾地喜歡上了金在絢。

星期一，程喬恩懷著忐忑不安的心情來到學校。整個早上，他都有些心不在焉，只是一直在想中午見到金在絢時，他該擺出什麼表情。但是當午休鈴響時，他就發現自己一早的擔憂全都白費了——金在絢就在教學大樓的入口處等著他。金在絢的語氣和神色都再正常不過，幾乎就像星期六的遊戲沒有發生過似的。但程喬恩不知道是不是自己多想了，他總覺得，金在絢說話時，看著他的時間變多，和他並肩而行時，兩人間的距離也近了一點。

程喬恩和他一起進了學生餐廳。金在絢很自然地帶著他往溫志浩和謝薇娟的桌子走去，好像程喬恩本來就屬於他們這一桌似的。

程喬恩試著在餐廳裡尋找周以樂的身影，但他只能在移動的學生中勉強看見周以樂頭上柔軟的捲髮。他們來到桌邊後，程喬恩放下背包，心中盤算著等拿了午餐，再去找周以樂打個招呼。不過等他端著托盤回來時，他再度環顧餐廳，卻已經看不見那個孩子了。他們以前所坐的位置被其他學生占據，而周以樂則不在視線範圍內。

接下來的幾天，都是相同的情況。他沒有辦法及時在餐廳裡找到周以樂，或者說，他有點自顧不暇——好像只要有金在絢在身邊，他的大腦就會喪失原本的邏輯。當他看見金在絢時，其他事情好像都直接從他腦海中消失了。

程喬恩只能告訴自己，周以樂比他還要早進入這間學校。他會有辦法應付的，對吧？

此時，距離去海灘的那一天，已經過去了兩週。養成一個習慣只需要七天，而程喬恩已經養成了和金在絢與他的朋友們同桌的習慣。

但當他看著周以樂的頭頂時，他的心底湧起一股很不好的預感。

「發生什麼事了？」他又問了一次。「你還好嗎？」
「還好。」周以樂低聲回答。
「怎麼……」
程喬恩向後退開一步，好讓自己能夠打量周以樂的臉。然後他驚訝地張開嘴。

周以樂的左臉上有一片瘀青，就在他的顴骨上方。他的臉頰總是圓潤泛紅，因此深色的瘀血看起來特別顯眼。
「周以樂。」程喬恩壓低聲音，伸手抓住周以樂的肩膀。「那是怎麼來的？」
周以樂沒有回答，只是用腳尖撥弄著地上的碎石。
「周以樂，看著我。」程喬恩說。「是蕭愷帆嗎？他打你嗎？」
周以樂只是不置可否地聳聳肩。程喬恩咬了咬牙。
加入了金在絢的朋友圈後，程喬恩第一次體驗到了所謂的校園生活——如果不說是戀愛的話。這是程喬恩的人生中最接近戀愛的時刻。但是周以樂——被他遺忘之後，周以樂的日子似乎變得更難過了。
該死。這都是他的錯。
「沒關係的，周以樂。」程喬恩說。「你以後中午來和我們坐在一起吧。我相信金在絢他們不會介意的——」
這句話在腦子裡比實際說起來好聽多了。程喬恩暗自瑟縮了一下。他不喜歡這句話所暗示的意思。

「不用了。」周以樂打斷他。不知為何，周以樂看起來幾乎有點像是生氣。「這樣能有什麼改變？」

程喬恩愣了愣，震驚地看著他。

「你是什麼意思？」

「在學校裡，我不只有午休時間會見到他，對吧？」周以樂說。他抬起頭，對程喬恩露出一個嘲諷的微笑。「就算中午能避開他，其他時間——我也擺脫不了他。」他聳聳肩。「在你轉學過來之前，事情就已經是這樣，之後也一直都會是這樣。不管是我或你，我們什麼都做不了。」

「不應該是這樣的。蕭愷帆——他不能繼續這樣下去。」程喬恩咬著牙。一股怒火緩緩燃起，焚燒著他的胸腔，突然使他難以呼吸。他深吸一口氣。「我發誓，我一定會阻止他。」

「所以你打算要怎麼樣？」周以樂看了他一眼。「你不能對他做什麼，程喬恩。他的爸爸每年捐了太多錢給學校，校長就算知道，也只會息事寧人。」

程喬恩覺得自己的手有點顫抖。他把手指緊緊握成拳頭。這些話從周以樂口中說出來，有一種令程喬恩感到渾身發毛的不適感，但他無法說明。

「可是我不能讓蕭愷帆——」

「嗯，你只能讓他做他想做的事，程喬恩。」周以樂再度打斷他的話。「而且你也不是真的在乎，對吧？我看到你交了很多新朋友。」他撇開視線。「如果你在剛入學的時候，就用現在這樣的方式交朋友，你會為自己省掉很多麻煩。」

「但是我在乎——」

程喬恩硬生生地閉上嘴。

周以樂說的話使他內心揪成一團，但他想不出任何一句話來反駁或安慰。他是在乎周以樂，但是他的行為又是代表什麼呢？程喬恩只覺得臉頰一陣滾燙。此時他說的任何一句話，都只會更加凸顯他的罪惡感。

學校的鐘聲響起，提醒程喬恩距離三點半只剩下幾分鐘的時間了。

他今天和金在絢約好了，要讓他教西班牙文的。他在腦中想像金在絢站在車棚中，有點不耐煩地雙臂交抱的模樣。

「周以樂，對不起。」程喬恩放開他。一股罪惡感戳刺著他的心臟，使他內心瑟縮了一下。「我該走了。但我發誓，我一定會幫你的，好嗎？」

「不要隨便答應別人自己做不到的事，程喬恩。」周以樂搖了搖頭。「再見。」

然後他頭也不回地走下緩坡。

程喬恩看著他弱小的背影，突然覺得眼眶有點刺痛。他過得這麼愉快的時候、在享受友情的時候，周以樂究竟都在經歷些什麼？但是同時，他也得承認，周以樂說得沒錯。他不知道他能怎麼辦，他現在對周以樂說的話，充其量只是好聽的空頭支票罷了。

程喬恩悶頭疾走，匆匆來到腳踏車棚，果然看見金在絢站在一排排的腳踏車之間。他的動作幾乎和程喬恩的想像一模一樣，只是他沒有雙手交抱在胸前，而是把手插在口袋裡。當他看見程喬恩時——程喬恩不知道是不是自己的錯覺，但他覺得金在絢的雙眼好像閃過了一絲光芒，讓他整張臉都亮了起來。

看見金在絢的臉，不知怎麼地使程喬恩的心情好了一大半。這是他從未有過的體驗，好像只要這個人在他身邊，就沒有什麼事好擔心的。

「你有夠慢的。」在程喬恩來到他面前後，金在絢對他挑起眉。「我還以為你決定要放我鴿子了。」

「我絕對不會做這種事的。」程喬恩說。

金在絢的視線來到程喬恩不斷起伏的胸口，一臉懷疑。

「怎麼了？」他說。「你看起來好像遇到鬼一樣——別告訴我蕭愷帆又在追著你跑了。你知道，我可不能每次都為你打架。」

「不是——只是……」程喬恩猶豫了一下。

他不太確定要怎麼跟金在絢提起剛才和周以樂的對話。周以樂的那番話，使程喬恩的心中有一股難以驅散的不安感，但他無法指明原因。

「我剛才遇到了周以樂。」

「噢，是嗎？」金在絢的聲音十分輕鬆。「他最近還好嗎？」

程喬恩把自己的腳踏車從車架上拉了出來。

「不。」他輕聲說。「我看見他的臉上有瘀青。是蕭愷帆弄的。」

「嗯，那個小人渣。」金在絢說。他把腳踏車牽到車道上，回頭看著程喬恩。「幸好再過一年他就要畢業了。靠，學校這幾年收他爸的捐款，都可以再多蓋一棟教室了吧。」

程喬恩搖了搖頭。「我不知道……我只是為周以樂感到有點難過。」他跨上腳踏車，看向金在絢。「我以為我可以再幫他多一點忙。」

「嗯，就像我跟你說過的。」金在絢聳聳肩。「你不可能永遠在他身邊，對吧？你可以保護他一個中午、兩個中午，然後呢？你希望最後被打趴在地上的是你嗎？這樣對誰有什麼好處？」

程喬恩嘆了一口氣。他不知道該怎麼做才好——他懷疑，這種事情永遠也不會有正確解答。但他需要多一點時間好好思考。

「走吧，程喬恩。」金在絢說。「說到底，這件事也不是你能負責的。周以樂要學會照顧自己——如果他辦不到，他就要找人來照顧他。而那個人絕對不是另一個青少年。不能是你，你懂嗎？」

看著金在絢的眼神，程喬恩覺得他幾乎就要被說服了。**可是你就保護我了**。程喬恩心中有個聲音這樣說道，使他的心在胸腔中胡亂碰撞起來。

「快點，我餓了。」金在絢說。「我的鼻孔已經可以聞到巧克力脆片鬆餅的味道了。」

程喬恩不禁咧嘴一笑。不知道為什麼，金在絢就是有辦法使他感到快樂。這種程度的快樂，是他過去從來不認為會發生在他身上的。看著金在絢逐漸遠去的身影，他騎上腳踏車，盡快跟上金在絢的速度。

＊

一個星期兩次和金在絢一起練習西班牙文，或許沒有讓他的西班牙文進步多少，但絕對讓他吸收了不少……金在絢。他知道這樣形容很奇怪，但是現在，程喬恩越來越能在閉上眼睛時，在腦海中刻劃出金在絢的模樣。他可以想像他的眼睛笑得彎起來的樣子，也可以想像他拿著筆、認真地在筆記本上寫下一個個西班牙文字詞的動作。

但是對程喬恩來說，他最喜歡想像的，是當金在絢嘴角帶著一點點笑意、雙眼炯炯有神地盯著他看的時候的模樣。那種好像有點像惡作劇、又像是對他帶有疑問的表情，總會讓程喬恩全身的血液都熱起來，感到溫暖不已。不只是身體，還有心裡。

現在，程喬恩只對一件事感到不確定：他們接下來要怎麼樣？

這對程喬恩來說，是從未接觸過的陌生領域。他從來沒有談過戀愛，也不知道戀愛該怎麼開始。如果他和金在絢都對彼此有感覺，那麼他們的下一步是什麼呢？他要做些什麼打破現狀嗎？或者，他什麼也別做，就像大家所說的——順其自然？那又會把他們帶到什麼地方去？

結束了西班牙文的家教課後，程喬恩獨自騎著腳踏車回到家。他的媽媽還沒下班，因此程喬恩把玄關的燈打開，鎖上門，帶著背包回到房間裡。

他在書桌前坐下，盯著牆上釘的那張程喬恩的插畫。他發覺自己的嘴角逐漸上揚。程喬恩打開背包，在裡頭摸索，拿出他的筆記——或者說，他打算這麼做。

他皺了皺眉頭，把背包的拉鍊拉得更開一點。

他看見他做上課筆記的那本筆記本。還有他用來記錄其他東西的便條紙。他的筆記本。那本寫滿了他的思緒和幻想的筆記本。

它到哪裡去了？

一股恐懼感緊緊攫住程喬恩的內心，甚至比今天下午和周以樂對話時所產生的怒氣更為強烈。一瞬間，剛才程喬恩那些充滿了粉紅色泡泡的幻想全部破滅了。取而代之的，只有一股純粹的恐慌。

近乎反胃的感覺既陌生又熟悉，這是他這輩子一次都不想要有的體驗。

這不是他的筆記本第一次被人拿走了。小學那一次，或許因為他的年紀還小，他寫下來的東西雖然私人了一點，但和寫給學校老師的小日記其實沒有太多差別。

可是隨著他的年紀成長，他開始對於身邊發生的人事物有了更多的看法。他所寫下的筆記，已經不再是別人可以隨意翻閱的東西。他在裡頭寫了他父母日益惡化的關係、寫了他對班上同學的觀察，那些全都非常私密，是程喬恩最不保留的一切。

只有在他的筆記本裡，他才能做到對其他人從未有過的坦承。

轉學前，他的筆記本也曾經這樣消失過。某天午休睡醒時，他發現自己放在桌上的筆記本不見了，不過要不了多久，他就發現了它的下落——在班上幾個愚蠢的男生手上。其中一個人正指著其中一頁吃吃竊笑著。

「你說你爸都會去酒店喔。」發現程喬恩注意到他們了，那個男生便對他說道：「那他會帶小姐出去開房間嗎？」

後來發生的事情對程喬恩來說有點混亂，挾帶著各種情緒，以及師長的介入與安撫，而程喬恩不願意再去回想那件事。

那些男生或許只是惡作劇而已，並不是真的帶有惡意。但是對程喬恩來說，無論他們的心態是哪一種，造成的傷害都是一樣的。

在那之後，程喬恩就盡可能地確保筆記本不會離開他的左右。

他可以選擇不要帶筆記本去學校的，他也知道；他試過將他的本子留在家裡，結果他一整天都感到六神無主。就某方面而言，筆記本是讓他在變得越發困難的人際關係中，維持理智的唯一方法。

所以，他怎麼會讓它離開他的身邊一步？

不可能，他在劇烈的心跳聲中試圖說服自己。他從來沒有讓筆記本離開他的身邊過。他的筆記本一直都在背包裡，而他的背包一直都在身上——

只除了今天的體育課，他將背包放在置物櫃裡。

但是……怎麼會？他很確定他把櫃門上鎖了。筆記本會不會還在他的置物櫃裡？

程喬恩試著回想自己今天把背包放進置物櫃中的動作。他是手上抱著筆記本嗎？還是他確定自己有把它放進背包裡？

越是緊張，程喬恩的記憶就變得越模糊。他的思緒只是不斷在同一個迴圈裡打轉，而迴圈中只有一句話：他的筆記本不見了。不見了。不見了。

程喬恩抬起雙眼，看向牆上金在絢給他的那幅畫，試圖讓情緒緩和下來，但他發現自己的視線變得一片模糊。他用力咬著自己的嘴脣，想讓自己轉移焦點。一陣刺痛後，他嘗到了一絲血液的味道。他在座位上瑟縮了一下，總算稍微回到現實。

他深吸一口氣，決定再給背包一次機會。

沒有，沒有。他的筆記本不在這裡。

程喬恩的手伸向放在桌面上的手機。他發現自己的手指抖到幾乎沒有辦法解鎖螢幕。他試了兩次，才好不容易進入手機的主畫面。

他不太確定自己在做什麼。當他回過神來時，他的手機螢幕上已經顯示著金在絢的號碼，以及通話中的計時數字。

程喬恩愣了兩秒。他在做什麼？為什麼他會打電話給他？

電話那頭傳來金在絢模糊的聲音，使程喬恩的身體一顫，從茫然中恢復過來。他把手機湊到耳邊。

「喂。」

「噢，程喬恩。」金在絢的聲音在電話另一端聽起來不懷好意。「你再不開口說話，我都開始要懷疑你是不是被人綁架了。現在是綁匪用你的手機打來的嗎？」

「不是。」程喬恩回答。「我只是……」

一個溫熱的東西從程喬恩的喉頭湧起，使他的話梗在嘴裡。

「程喬恩？」金在絢頓了頓，然後試探性地問：「發生什麼事了？你聽起來像是吃到蒼蠅一樣。」

「我……」

程喬恩的聲音比他預想的還要沙啞。他咬著自己的嘴脣，硬是把喉頭的腫塊嚥了回去。

靠。他沒打算要這樣的。但是話說回來，他一開始打給金在絢的目的是什麼？找他哭訴嗎？不管金在絢前面幫過他多少次，這次他也幫不了了。

「程喬恩，你得說話。」金在絢的聲音有點緊繃。「如果你繼續這樣下去，我就要考慮報警了。你身邊有歹徒嗎？是的話就說是，不是的話就說好。」

金在絢聽起來太過認真，使程喬恩幾乎分辨不出來他現在是不是在開玩笑。

「不，在絢，我沒有被綁架。我現在在家……」他說。「但是，我……我的筆記本不見了。」

他的鼻尖一陣刺痛，然後，儘管他的意志力不斷尖叫，他卻再也沒有辦法憋住已經積在眼眶的淚水。他咬著嘴唇，試著把眼淚吞回肚裡，但是一旦淚水潰堤，隨之而來的啜泣聲更不可能壓得住。他渾身發抖，眼前一片模糊，連呼吸也變得斷續。

噢，天啊。他現在一定聽起來像個瘋子。

「筆記本？」金在絢的聲音彷彿是從很遠的地方傳來的。

程喬恩聽見了，但他暫時沒有能力回答。他拚命咬著嘴唇，以擋住一直威脅要衝出口的嗚咽聲。

「喔，靠。」金在絢說。程喬恩不確定那是不是他想像出來的。「你說你在家，是嗎？我現在過去。你就待在原地別動。」

金在絢說的話好像在哄待在百貨公司裡的孩子。如果不是因為現在程喬恩的焦慮感幾乎要超越他的承受極限，他或許會忍不住笑出來。

「你聽見了嗎，程喬恩？」金在絢的聲音又說道。「給我一個回應，讓我確認你還活著。」

程喬恩用力吸了吸鼻子，嚥下口中的唾液。他艱難地說：「好。」

「好。」金在絢說。「待會見。」

然後他掛掉了電話。

＊

當電鈴聲響起時，程喬恩已經坐在客廳裡等待了。雖然從牆上掛的鐘看來，這段時間只不過是短短的十幾分鐘，但對程喬恩來說就和十幾年無異。他的眼淚已經止住了，但他仍然可以感覺到自己的心跳以令人擔心的速度狂跳著——不是好的那種。

一聽見電鈴的響聲，程喬恩就從沙發上跳了起來。他有點太急促地衝向前門，手忙腳亂地拉開鏈條，轉開門把，然後幾乎是一頭撞上站在門前的金在絢。

金在絢穿著柔軟的短褲和一件運動外套，頭髮有點亂，好像他剛洗完頭一樣。他的腳踏車靠在程喬恩家門前的矮燈上。他的手插在口袋裡，正用腳跟撐著身子，前後緩緩搖擺著。看見程喬恩打開門，他露出一個淺淺的微笑。

「嗯，如果我是歹徒，你現在已經死了。」金在絢挑著眉，看向他。「如果你一個人在家，你至少記得先確認門外的人是誰吧。」

程喬恩的雙手在身前交握，手指絞扭在一起。金在絢的視線掃過他的面孔，微微皺起眉頭。程喬恩不禁感到有些難為情。他知道自己現在肯定不怎麼好看——他的眼睛和鼻頭都因為哭泣而紅腫，臉上大概也爬滿淚痕。他有點僵硬地用手背胡亂擦了擦臉。

「抱歉。」程喬恩有點太慢地說道，並往一旁站開。「快進來吧。」

金在絢踏進程喬恩家的玄關，反手關上門。程喬恩的背靠在牆邊，準備讓金在絢往客廳的方向走，但是出乎他的意料之外，金在絢並沒有繼續往前進。他只是停留在程喬恩面前，兩人在狹窄的玄關走道上面對面。

程喬恩的肚子一陣翻攪。他在等什麼？難道——程喬恩小心翼翼地抬起頭，然後屏住了呼吸。金在絢正低著頭，雙眼緊盯著他，四周一片寂靜，只剩下他們兩人的呼吸聲：金在絢的呼吸長而平穩，程喬恩的則短淺而急促。

接著金在絢對他說：「過來。」

下一秒，一雙強壯的手臂把程喬恩圈住，接著程喬恩便撞上一堵紮實而溫暖的胸口。

金在絢的氣味——洗衣精的香氣、他剛才騎車而微微浮現的汗水味，還有只屬於金在絢身體的一股味道，那是只有他與金在絢坐得很近、從金在絢肩頭看向他在筆記本上寫字的時候，才會從他的肩頸處聞到的氣味。在程喬恩來得及阻止自己前，他就吸了一口氣，將金在絢身上的味道深深吸入肺部。

天啊，他希望金在絢沒有注意到這麼難為情的動作。

金在絢的胸口傳來一陣低低的笑聲。

「別擔心，我剛洗過澡。」他當然注意到了。靠。「我有自信，現在我聞起來就像是夏威夷果的味道。」

程喬恩只是把頭垂得更低，無法把自己的臉暴露在金在絢的目光下。

「如果你願意的話，你可以把手繞過我。」金在絢輕描淡寫地說。「你知道，這才是擁抱運作的方式。」

程喬恩的臉頰一陣灼燙。他不太確定自己該不該這麼做。除了小時候和家人之間的擁抱外，程喬恩從來沒有擁抱過其他人。這個動作對他來說既彆扭又陌生，但是——讓金在絢抱在懷裡的感覺很好。在狹窄的走廊上，包裹在昏暗的光線中，程喬恩幾乎要產生一種錯覺，好像這世界上其他事情都不存在了，他沒有什麼好擔心、也沒什麼好害怕的。有這樣的手臂環繞著他，就沒有東西可以傷害他。

程喬恩緊繃的身軀逐漸軟化下來。他試探性地抬起手，環住金在絢的腰。

他們兩人之間的距離消失，程喬恩的身體隨著自己和金在絢的呼吸微微起伏著。

「好了，好了。」金在絢在他的頭頂輕聲說，一邊輕輕拍撫著他的背。「沒事的。」

程喬恩的額頭貼在他的胸口，微微點了點頭。

他們維持著這樣的動作不知道過了多久。時間彷彿從他們身邊消失了，此刻唯一能做為紀錄的，只有兩人交錯的呼吸聲。程喬恩幾乎開始希望，這段時間永遠不要結束——

然後金在絢的手抓住他的肩膀，將他溫柔而堅定地向後推開。儘管有些失望，但程喬恩仍然順著他的動作放開了手。

兩人間出現了一步遠的距離。這樣的距離使程喬恩感到有些尷尬，好像他抬頭也不是，繼續迴避金在絢的目光也不是。

「我以為在哭的人有權利決定要抱多久。」程喬恩勉強擠出一句，打破空氣中的沉默。

他輕笑一聲，但他的笑聲聽起來更像是嗚咽。

「閉嘴！相信我，那可不是個好主意。」金在絢翻了一個白眼。他微微傾身，將自己的臉降到與程喬恩平行的高度。「好一點了嗎？」

程喬恩吸了吸鼻子，點點頭。

「很好。」金在絢說。「現在，我們去找個地方坐下，然後你就可以告訴我——發生什麼事了？試著不要抓狂，用你最擅長的中文把話說完，好嗎？」

程喬恩閉上眼睛，深吸一口氣。「好。」

他帶著金在絢前往客廳。經過幾個星期的整理，他們家的客廳現在終於比較有「家」的樣子了。茶几上擺著幾個媽媽有時候會點的香氛蠟燭，此時就算沒有點燃，也飄散著淡淡的香氣。電視櫃上終於擺出了程喬恩從小到大和媽媽的合照——而媽媽堅決地不讓他爸爸露臉的照片出現在家中任何一個角落。

金在絢歪著頭環顧了房間一圈，吹了一聲口哨。

「你家很漂亮。」

「謝謝。」程喬恩說。「這都是我媽媽的主意。我唯一有權布置的空間，只有我自己的房間。」

金在絢在沙發上坐下，對他咧開嘴。

「嗯，希望有一天我能親眼見到程喬恩的靈感小窩。」

程喬恩不太確定金在絢只是在作弄他，還是在暗示什麼。但此時並不是他開始多想的好時機。他在沙發的另一端坐下，將一個抱枕抱在胸口。

「所以，你說你的筆記本不見了。」金在絢緩緩地說道。

「對。」程喬恩低聲回答。「我到處都找不到。」

「你確定你沒有放在家裡、也沒有塞在背包最下面嗎？」

程喬恩搖搖頭。

「我找過了。那是不可能的，我今天上課的時候還有拿出來寫的……」今天上地理課的時候，還很確定自己有把筆記本收回背包裡。他每次都有確實做好這件事。

那是上體育課的前一節課。也是程喬恩今天最後一次親眼看見他的筆記本。

「嗯……」金在絢的眉頭蹙緊，向後靠在椅背上。「或者你把它留在哪一間教室裡？你知道，這種事天天都在發生。你永遠都可以在桌子裡找到別人留下來的鉛筆盒。或是情書。」

「我很確定。」

程喬恩真希望自己的聲音聽起來沒有那麼悲慘。他把落到眼前的頭髮向後撥開，以免髮尾更刺激他已經哭得過度敏感的雙眼。

他喃喃說道：「我今天有一節體育課。我把背包留在置物櫃裡。在那之前，我很確定筆記本都在我的背包裡。」

金在絢一言不發。他垂下視線，盯著茶几上的某處。然後他說：「嗯，我知道這聽起來會像是廢話。但如果你不是把筆記本不小心留在置物櫃裡，那就是有人拿走了它。」

不知道為什麼，這句話對程喬恩來說，幾乎沒有產生任何的意外之感。這個可能性好像一直都悄悄潛伏在程喬恩的心底，只是程喬恩的心一直下意識地不想去接受它的存在。而現在，金在絢的一句話，突然把它從埋藏之處拖了出來。儘管程喬恩並不感到訝異，但這件事所代表的意義，仍然使程喬恩一瞬間難以呼吸。

他咬住嘴唇，吸氣、吐氣，吸氣、吐氣。直到震耳欲聾的心跳聲稍微緩和之後，程喬恩才艱難地開口，聲音有些沙啞。

「如果是的話……那我差不多就毀了。」

「毀了？」金在絢皺起眉。「這句話有點嚴重。程喬恩。」

他頓了頓，傾身靠向程喬恩的方向，直直盯著程喬恩的雙眼。

「你到底在裡面寫了些什麼？性幻想嗎？」

「不。」程喬恩有點太大聲地回答。然後他立刻壓低聲音。「不是那樣的。那本筆記本……那本筆記本就像是我的第二個大腦。幾乎就像是我會透過它來思考。我腦子裡想的一切，幾乎都會寫在那本筆記裡。」

金在絢盯著他看的眼神充滿了懷疑。「就算是這樣好了——我是說，你才十七歲耶。有什麼事情嚴重到會讓你身敗名裂？」

程喬恩不知道該怎麼回答這個問題。

他不可能告訴金在絢，那本筆記本裡，最近——尤其是最近——有很大的篇幅，都是在寫關於「他」的事情。

他對金在絢的感情、他對金在絢的猜測，還有很多很多其他的，他沒有辦法告訴金在絢的事。他不知道該怎麼啟齒的事。

如果那些事被金在絢知道了，他們還有可能是朋友嗎？金在絢會因為他們的心意相通而感到開心，或是會覺得他噁心，從此以後再也不想和他接近？

光是用想的，程喬恩就覺得頭皮發麻。不，金在絢不能知道他在想什麼。至少現在還不行。

程喬恩不知道自己想要等什麼。或許是一個徵兆，或是一個明確的信號，告訴他這麼做是安全的。就像所有的電影和影集裡，當男女主角即將坦白彼此的心意時，他們都會有一個非常清晰的預感，對吧？而他就是在等待那一刻的出現。

至於現在，他可以再等待一陣子。就像金在絢說的，他也還有一年才要畢業，不是嗎？程喬恩還有很長的時間。

「我不能說。」程喬恩說。

「你不能說？」金在絢問。「還是不想說？」

程喬恩只是搖著頭，沒有辦法回答他的問題。

他可以感覺到金在絢的目光來回打量著他的臉。程喬恩抬起雙眼，迎向他。金在絢的眼睛幾乎可以在他的臉上產生實際的碰觸感，被他的眼神掃過的地方，全都產生了一股微刺的酥麻感。他看見金在絢的視線像是受到某種力量的牽引，逐漸往他的嘴脣移動……

但是接著，金在絢便下定決心般撇開視線。

他思索了一下，然後說：「好吧，很合理。」他對著程喬恩揚了揚下巴。「去拿你的鑰匙，我們走。」

「什麼？」

金在絢不耐煩地嘆了一口氣。

「你說你不確定筆記本有沒有放在置物櫃裡。」金在絢說。「嗯，那我們就去找找看。」

「可是現在這麼晚了，教學大樓已經上鎖了——」

「對，對。我當然知道。」金在絢擺了擺手。「別忘記，是你在這所學校待得比較久，還是我？」

程喬恩猶豫地看著他。他現在在提議什麼？難道——他們要在夜晚闖進學校嗎？這樣真的是合法的嗎？

「你自己決定。」金在絢說。「你是要去一探究竟，搞不好能幸運找到它，然後今晚睡個好覺？還是直接焦慮到明天早上？」他頓了頓。「就算沒有找到，你至少也能排除掉一個可能性。我是說，這樣你有什麼損失？」

除了有可能要去坐牢之外嗎？

但程喬恩思索了一下。金在絢說得沒錯。如果今天沒有找到那本筆記本，他很有可能會直接失眠到天亮。而他懷疑自己會在過程中就因心臟衰竭而死。

也許他真的是不小心把筆記本遺留在置物櫃裡了。去確認一下也無妨，對吧？

「好吧。」程喬恩說。

「很好。」

金在絢站起身，對程喬恩微微一笑。

「程喬恩，你變了。」他莊嚴地說道：「你現在正式進化成一個未成年罪犯了。」

「多虧了我的老師。」程喬恩回答。

他發現，自己的嘴角逐漸勾出一個上揚的弧度。

明日，陽光依然絢爛

第十章　夜晚冒險

「你確定這樣真的沒有問題嗎，金在絢？」程喬恩壓低聲音，在金在絢身後問道。

「我們這樣做是違法的嗎？是。被抓到會被關嗎？有可能會。」金在絢頭也不回地說。「但是這樣做值得嗎？我發誓，絕對值得。」

在他身後的程喬恩發出了清晰可聞的吞嚥聲，讓金在絢忍不住在暗中露出微笑。

此時，他們兩人正沿著教學大樓外的磚牆前進，兩人蹲低身子，緊貼著牆面。金在絢的心臟怦怦直跳。儘管他嘴上說的很肯定，但是事實上，他也從來沒有這麼做過。他只聽過學校幾個混混學生趁午休時間在餐廳裡大放厥詞，說他們在週末的時候闖進學校的體育館偷喝啤酒。當時他還在心裡嗤之以以鼻。平時一週在學校關五天已經夠久了；誰會想要週末繼續來學校啊？

但誰想得到呢？他當時無意間聽到的資訊，居然還有派上用場的一天。根據那群學生所說，教學大樓一樓的一間教室，窗戶的鎖是鬆動的。只要從外面往裡輕推、再往上抬起，就可以從那裡跑進學校裡了。

他不太確定那扇窗戶有沒有被人修好。嗯，他們大概很快就會知道了。

「金在絢，我們到底要去哪裡？」程喬恩又在他身後用氣音問道，雖然金在絢不知道他為什麼要這樣低語。他們又沒做什麼違法的事——現在還沒。

「跟我來就對了。」金在絢回答。

他在心中默數著裡頭教室的順序。又往前走了一陣子之後，金在絢終於在一扇窗戶前停下腳步。「嗯，接下來這幾扇窗戶，就是測試我們運氣的時候了。」他說。「如果都打不開，那你就可以放心，我們今晚不會幹下什麼非法的勾當。」

「什麼？」程喬恩嘶聲說道。

金在絢伸出手，試探性地推了推其中一面玻璃。窗戶動也不動，緊緊卡在原位。金在絢暗自咒罵一聲。他很確定那幾個學生說的就是這間教室，而它的窗戶只有三扇。如果都打不開的話，他們就只能打退堂鼓了。

金在絢又轉向旁邊的另一扇窗戶。他用力推了推窗框，然後欣喜地聽見裡頭發出了喀嚓一聲。

「中樂透啦。」金在絢回頭對程喬恩微微一笑。「來吧，幫我一下。」

程喬恩躡手躡腳地來到金在絢身邊，和他一起抓住窗戶的最尾端。

「數到三。」金在絢說。「我們就一起向上抬。」

隨著他的低喊，程喬恩和金在絢合力往上一推。沉重的窗框發出了令人全身起雞皮疙瘩的摩擦聲，在兩人的視線下打開了一條縫隙。金在絢「哈」地低聲歡呼了一聲。

「太讚了。」金在絢點點頭。「現在，我們把這個小東西推開一點，就可以進去探險了。」

「你確定我們真的要這樣嗎？」程喬恩說。他皺著鼻子，用懷疑的眼神看著金在絢。「我其實可以等明天上學的時候再找……」

「我們人都已經來了。」金在絢說。「而且剛才在家裡哭得眼睛都腫起來的人，可不是我。」

他微微彎起膝蓋，將重心擺在臀部。然後他咬緊牙關，用雙腿的力量將手中沉重的窗戶抬了起來。或許是因為年久失修，這扇窗戶的滑軌已經嚴重生鏽，推開時刺耳的吱嘎聲幾乎使金在絢都要準備逃跑了。

靠。要是被巡邏的警衛聽到，他們兩個的麻煩就大了。

闖進上鎖的私人土地就是違法的，不管是不是學校都一樣。金在絢甚至有點懷疑，闖入學校的罪責會比闖進民宅還大。

「你還在等什麼？」金在絢對著程喬恩咧開嘴。「快進去啊。」

「可是——」

程喬恩把到嘴邊的話又硬生生地吞了回去。他深吸一口氣，雙手用力握了一下拳頭。然後他彎下身，有點笨拙地爬進教室裡。金在絢尾隨著他，進入了漆黑的教室。

金在絢從來沒有看過關了所有照明的學校內部。好吧，恐怖片裡的場景例外。

而他不得不承認，恐怖片裡拍的，還真是寫實到不能更寫實了。

金在絢和程喬恩靠著手機手電筒的燈光，小心翼翼地繞過教室中的課桌椅。金在絢來到教室的前門，透過玻璃往外看去。

「一切安全。」他低聲說，好像在玩什麼軍事遊戲一樣。「準備潛入。」

「我們已經算是潛入了。」程喬恩評論道。

「閉嘴啦。」

金在絢打開教室的門鎖，緩緩走上校舍內的走廊。程喬恩緊跟在他身後。

平時的下課時間，走廊上總是擠滿學生，因此他從來沒有多花心思在它們身上。但此刻，學校裡的電源已經全部關閉，使走廊漆黑一片——只除了緊急照明燈和緊急出口的燈號亮著，詭異的螢光綠將整個走廊染上一層近乎迷幻的光暈。走廊的盡頭是一片無法看透的黑暗，手機的光線也照不到那麼遠的距離。現在，在寂靜與昏暗之中，這條走廊比白天看起來長了許多，幾乎像是永無止境。

金在絢的理智知道那裡就只是通往二樓的樓梯口，還有一間教職員辦公室，但是就連他都忍不住感到一陣頭皮發麻。

「不知道那裡有什麼……」金在絢回過頭，低聲說。「也許黑暗會打開一條白天不存在的通道……」

「金在絢！」程喬恩一把抓住他的手臂，手指陷進了他的肌肉裡。「不要說那種話。」

微微的痛感使金在絢的大腦清醒了不少，剛才一瞬間湧起的恐懼感，突然被現實稍微驅散了。「怎樣？」他對程喬恩竊笑起來。「你怕鬼嗎？」

「我才沒有。我只是……不喜歡。」程喬恩喃喃說道，但他緊緊抓住金在絢的動作傳達了完全不一樣的意思。「我們走吧。趕快找完，趕快離開這裡。」

「遵命，王子殿下。」金在絢莊重地說。

兩人在黑暗中快步前進，來到程喬恩位於二樓的置物櫃旁。

程喬恩開始打開自己的櫃門。或許是因為緊張的關係，程喬恩連續輸錯了兩次櫃子的密碼。儘管在黑暗中無法看清，但金在絢敢打賭，程喬恩的手一定正在顫抖。

「慢慢來，不急。」金在絢靠在一旁的櫃子上，誇張地打了個呵欠。「反正你有一整個晚上的時間對付這個櫃子。」

「你這樣說一點幫助也沒有。」程喬恩咬牙回答。

第三次嘗試，程喬恩終於打開了自己的置物櫃。金在絢雙手交抱在胸前，一邊看著程喬恩的動作，一邊豎起耳朵，希望自己能提前聽見警衛巡邏時的腳步聲。事實上，他連學校警衛是怎麼運作的都不知道。他們是二十四小時輪班的嗎？還是他們現在全都回家去陪老婆小孩了？

程喬恩在櫃子裡手忙腳亂地翻找，紙張被翻動得窸窣作響。

「怎麼樣？」金在絢問。「運氣如何？」

「沒有……沒有……」程喬恩喃喃說道。

他從櫃門後方探出頭，雙眼驚恐地大睜著，直直望著金在絢。

「置物櫃裡也沒有。真的不見了。」

程喬恩那雙淺色的眼睛，在手機燈光的照射下，呈現出幾乎不像人類的灰綠色。此時，他的表情空洞無比，就像是所有的生命力都隨著他的希望一起從體內抽走了一樣。

「靠。」金在絢低聲說。「我很抱歉，程喬恩。」

他不確定這個時候他該說什麼才好。儘管他平常十分嘴快，但像這種時刻，他還能怎麼說？

程喬恩默默地關上櫃門，向後退開一步。他的肩膀垮了下來，整個人彷彿突然矮了幾吋。看著他沮喪的模樣，金在絢很想擁抱他——剛才在程喬恩家的那個長長的擁抱，使他感到意猶未盡，他根本就不想放手。但是男性該死的生理反應不容許他繼續和程喬恩的身體緊貼，或是繼續聞到程喬恩頭頂那股甜甜的香氣。

靠。現在時間、地點都不適合。他不能現在回想這件事。

金在絢搖了搖頭，把這個思緒甩到腦後。

「如果找不到，那我們就沒有理由在這裡逗留了。」金在絢對程喬恩說道。「我們走吧。」

程喬恩沉默地點了點頭。

兩人再度走下樓梯，往他們潛入學校的那間教室前進，準備沿著同一條路徑離開。但是就在他們回到一樓的走廊上時，金在絢的耳朵突然聽見了另一個聲音——那是除了他和程喬恩之外，另一個人的腳步聲。

金在絢覺得自己的血液像是瞬間凝結在血管裡，渾身一涼。他一把抓住走在他身後一步之遙的程喬恩，往牆邊拉去。

「程喬恩，等等。」他壓低聲音說。

程喬恩用奇怪的目光看了他一眼，正準備開口。金在絢伸出一隻手，摀住他的嘴。程喬恩的眼睛一瞬間睜大。

叩叩。叩叩。

沒錯。他們兩人停下腳步後，還有另一個腳步聲，正在走廊上迴盪。在他的手掌下，程喬恩的身體開始顫抖起來——顯然他也聽見了那個不屬於他們的腳步。

然後金在絢就看見走廊的另一端，出現了一道光芒。是拿著手電筒的警衛。

要命。

金在絢咬緊牙關，轉頭看了程喬恩一眼。

「準備好。」他用氣音說。「我數到三，然後我們就朝剛才進來的教室衝過去。」

程喬恩用肉眼可見的動作嚥了一口口水，輕輕一點頭。

金在絢的手從程喬恩臉上挪開，露出那張美麗而驚慌的面孔。金在絢放開他的手臂，將手向下一滑，握住了程喬恩的手掌。

「一。」他耳語道。

「二。」他的雙腿緊緊繃起，渾身的肌肉蓄勢待發。

「三。」他說。

他拉著程喬恩的手，往走廊上的第二間教室狂奔而去。

「誰在那裡？」警衛的聲音從走廊的另一端傳來。「站住！別跑！」

靠。靠。靠。學校的警衛會報警嗎？如果警察真的來了，這樣他們會有擅闖民宅的前科嗎？

手電筒的光線往他們方向掃來，而金在絢耳中的心跳聲，幾乎都要壓過他們所有人的腳步聲。他抓緊程喬恩的手掌，盡可能讓他跟上他的腳步。儘管他們距離那間教室只有短短幾呎的距離，但金在絢卻突然覺得他們好像永遠也到不了。

快啊——快啊——

他們衝進沒有關門的教室中，然後金在絢一把將門甩上，從裡面上鎖。警衛有教室的鑰匙，但是這樣可以幫他們拖延一點時間了。

「快，快，快。」金在絢喃喃說著，一邊拖著程喬恩在課桌椅之間穿梭。情急之下，他的大腿撞上了其中一張桌子的桌角，差點把整張桌子掀翻。

「靠！」

該死，那真的很痛。

他們來到打開的窗戶前時，警衛的身影已經出現在教室門的玻璃外了。

「快點，出去。」

金在絢將程喬恩的身子推出窗臺，自己跟著翻了出去。

程喬恩的身子摔倒在外頭的街道上，一時半刻爬不起來。金在絢的肩膀在著地時傳來一陣刺痛，但是腎上腺素立刻就將那股痛覺帶走；他從地上翻起身，勾住程喬恩的手臂，一把將他從地上拉起。

「快，快跑！」

金在絢抓著程喬恩的手，兩人沿著街道沒命地狂奔起來。金在絢耳中血液突突竄動的聲音，聽起來幾乎就像是有人在身後追趕的腳步聲。程喬恩拚命想追上金在絢的速度，但是卻被不知道什麼東西絆了一下，差點摔倒。

「小心！」

金在絢用力拉住他，帶著他繼續向前跑。汗水從他的額角滑下，流進他的眼睛裡，刺痛不已。

一直到轉了兩個街口，來到兩人腳踏車停放的地方時，金在絢才終於和程喬恩一起慢下腳步。他汗如雨下，滴在灰白的人行道石板上，形成一個又一個圓形的深色痕跡。

他扶著膝蓋，大口喘著氣，試著找回自己的呼吸。他的眼前一片花白，剛才的奔跑使他覺得自己快要因為缺氧而死了。

等到金在絢終於可以說話時，他便轉頭瞥了程喬恩一眼。他胸口仍然劇烈起伏著。

「你還好嗎？」

程喬恩對他舉起一隻手，但金在絢看不出來這是叫他閉嘴，還是朝他求救的意思。在路燈的光線下，程喬恩的臉色似乎比平常更為慘白，他弓著身子，背部猛烈晃動著。汗水從程喬恩的側臉和鼻尖流下，他的捲髮因為潮溼而緊貼著他的臉頰。

「如果你要昏倒了，記得抓住我。」金在絢勉強勾起一個微笑。

程喬恩緊閉著雙眼，一句話也說不出來。金在絢耐心地又等了一會，直到程喬恩終於「呼」地吐出一口長氣，才終於睜開眼睛轉向他。

「你真的是滿嘴屁話耶。」程喬恩沙啞地對他說，一邊向後靠在牆上喘息。

不知道為什麼，程喬恩突然放聲大笑了起來。他的笑聲一開始還很低沉，後來漸漸變成了毫無顧忌的狂笑。程喬恩笑得眼睛都睜不開，抱著肚子，渾身不停搖晃。這是他第一次聽見程喬恩如此高亢的笑聲——這時的程喬恩和他在學校時見到的那個孩子不太一樣；現在的他，看起來更加鮮活、更加富有生氣。

嗯，也更可愛。

金在絢忍不住露出微笑。「謝謝，謝謝。」他說。「這大概是我最擅長的事情之一。」

「嗯，我——」程喬恩在笑聲之間斷斷續續地說。「我開始理解了。」

程喬恩的笑聲持續了一會之後，終於逐漸平息下來。金在絢仔細打量了一下程喬恩的臉。嗯，他的臉頰已經開始恢復血色，嘴唇也還是一樣紅潤。金在絢忽略自己想要碰觸那張嘴的衝動。

「好吧，如果你現在已經可以呼吸了，那我建議我們還是快點離開這裡。」

「我們真的完蛋了。」程喬恩回答。

「嗯，我們沒有打破任何東西、也沒有任何東西失竊。」金在絢故作輕鬆地說。「就算被警衛抓到，他也頂多是臭罵我們一頓。」

大概吧。說實話，金在絢也無法確定。他剛才都已經在懷疑自己會不會被當成現行犯制伏了。

靠，這種體驗，人生有一次就夠了。

程喬恩用懷疑的眼神看著他，但是決定不再和他爭論。看著金在絢解開腳踏車的鎖，程喬恩只是有點挫敗地嘆了一口氣。

「我們要去哪裡？」

「什麼？當然是回家啊，傻子。」金在絢反射性地回應。

程喬恩的眼神中閃過一絲情緒，瞬間變得有些難為情。「呃，對。」他囁嚅地說。「當然了。現在已經很晚了，我們應該……」

金在絢暗自瑟縮了一下。噢喔。程喬恩在提議什麼？

他知道現在他們最應該做的事就是回家——他今天和程喬恩的相處時間已經遠遠超越必要的長度了。而且現在時間已經太晚，他們剛才又經歷過過度刺激的一段時光，金在絢幾乎可以真實感覺到腎上腺素在體內流竄的軌跡。現在繼續和程喬恩獨處，絕對不是個好主意。他剛緩和下來的心跳，又開始威脅著要加速——只是根據完全不同的原因。

但另一方面，或許又正是因為體內的興奮感還沒有完全消除，金在絢現在最不想做的事，就是和程喬恩分開。

兩隊小小的人馬在金在絢的心中戰鬥起來。最後，「想要」的那一派戰勝了。

靠，他真的是個廢物。但他就只是個青少年。他還能期待些什麼？

「嗯，當然啦，除非你覺得今晚的大冒險還不夠精采。」金在絢咧開嘴。「你還想做什麼？」

程喬恩的眼神在他臉上停留了兩秒，然後向一旁轉開。他猶豫著。「我不知道——」

「我們剛結束一場激烈運動，所以我建議，我們找一件比較安靜一點的事情做。」金在絢說。

程喬恩看了他一眼，輕輕點點頭。

「上車吧。」金在絢說。「我正好知道我們現在可以去哪裡。」

當他們兩人一前一後地騎在空無一人的街道上時，夜晚略帶涼意的微風吹拂著金在絢的面孔。他深吸幾口氣，試圖讓自己冷靜下來。他不確定自己這樣做到底是對是錯。

嗯，他想，他們很快就會知道了。

明日，
陽光
依然絢爛

第十一章　煙火

程喬恩不太確定他們這樣到底是對是錯。

但這不能怪他——剛才在學校裡的驚魂記還籠罩著程喬恩的大腦，因此他現在沒有辦法回家，至少在他完全冷靜下來之前不行。他出門之前有傳了訊息給媽媽，告訴她他和金在絢出去了，但是如果他回家時臉色鐵青，他媽媽肯定會追問，而說謊剛好不是程喬恩擅長的事。

噢，還有另一個小小的原因：他也真的不是很想要和金在絢就此告別。

和金在絢一起衝出學校、在街道上飛奔——這件事既令人害怕，卻又不知怎麼地有點令人興奮。和朋友偷偷闖進已經關閉的學校，然後再被警衛追著逃出來。那種心臟在胸腔裡狂跳，血脈賁張，大汗淋漓的感覺。這整件事都有點荒唐，但是卻讓程喬恩體會到了前所未有的刺激，而且不是糟糕的那種。

他必須承認，他算是有點喜歡。

程喬恩騎著腳踏車，跟在金在絢的身後。他不確定金在絢要帶他去哪裡，但令他感到好笑的是，他其實也不太在乎。就算只是騎著車，在夜晚的街頭遊蕩，對程喬恩來說也已經夠好了。

程喬恩不確定他們騎了多久。這裡一切對他來說都很陌生，但是他相信金在絢知道他們的目的地。最後，當金在絢在主要大道的路口停下車時，程喬恩才發現，對面是一座小小的公園。綠燈亮起，兩人便一起騎到了入口處。

「在公園裡坐一坐，讓剛才的熱氣蒸發一下——聽起來還不錯，對吧？」金在絢一邊跳下腳踏車，一邊回頭對程喬恩說道。

「對。」

程喬恩將腳踏車鎖好，和金在絢一起走進一片寂靜的綠意裡。

此時已經超過晚上十點，小公園裡一個人也沒有。微風吹過樹梢，讓小徑兩側的枝葉沙沙作響。程喬恩從來沒有來過這個地區，而他發現，這個公園雖然占地不廣，從入口就能看見另一側的圍牆，但是卻擁有一種精緻的美感。細長而蜿蜒的走道兩側是修剪得乾乾淨淨的草坪與茂密的大樹，他們經過一座籃球場、一個兒童遊樂區，在金在絢的帶領下，他們最終抵達了公園中央的一座小池塘。

路燈照著池塘旁的木棧道，在昏暗的光線下，池塘的尺寸好像比實際上看起來更大了一點。附近的樹叢中，程喬恩可以聽見各種夜晚的生物發出的鳴叫聲。那是屬於這座公園的生命，而外來的兩人，也無法破壞牠們自成一格的存在。池塘的水面上反射著路燈的光芒，但是程喬恩看不見下方是什麼動物在活動。

「嗯，這裡感覺是個好地方。」

金在絢走上木棧道，發出清脆的腳步聲。他吐出一口長氣，面對著池塘，靠著木頭欄杆坐了下來。他拍拍身邊的地面，對程喬恩示意。

程喬恩在他身旁坐了下來。他不太確定自己究竟要離金在絢近一點或是遠一點才好，所以最後，他選擇了距離他一個手掌的位置。這個位置使他感到有點尷尬——近得足以感受到金在絢身上的體溫，卻又遠得使他們不至於碰到彼此的肩膀。

程喬恩深吸一口氣，把腿向前伸直。他很努力地想要直視前方的池塘了，真的，但他卻發現自己無法克制地注意到金在絢近在咫尺的身軀。

「你來過這裡嗎？」金在絢的聲音問道。

程喬恩搖搖頭。「從來沒有。」

「慈恩公園。」金在絢說。「這裡很小，但是平常是媽媽們遛小孩的好地方。只有在晚上的時候會清靜一點。你覺得怎麼樣？」

程喬恩的目光停留在平靜的水面上，感受著四周空無一人的夜晚空氣。

此時，他覺得好像整個城市、甚至整個臺灣的人們都消失了——這世界上只剩下他和金在絢兩個人存在。程喬恩不想要破壞這股如夢境般的氛圍。他輕聲說道：「這裡很……寧靜。」

「嗯，你應該更常出門走走的。」金在絢的聲音帶著笑意。「算你運氣好，交了一個像我這樣的朋友。」

「你是說，會帶著我非法入侵私人土地的朋友嗎？」程喬恩忍不住露出微笑。

「忘恩負義的小混蛋。」金在絢壓低聲音。「我都是為了你，記得嗎？」

「對。」程喬恩沉默了一下。「今晚的事……謝謝你，在絢。」

「謝什麼？」金在絢哼笑了一聲，然後他嘆了一口氣。「我們最後什麼都沒找到。靠，程喬恩。對不起。」

「這不是你的錯。」程喬恩輕聲說。「你也不知道啊。我猜……現在我什麼也不能做了。」

想到這一點，程喬恩就覺得自己的心一沉。他很不想相信這種可能性，但是此刻，他似乎也沒有辦法做出別的推測——有人偷走了他的筆記本。但是，誰會做這種事？那個人這麼做的意義又是什麼呢？

他的筆記本向來只對他一個人有意義，裡面寫滿了他毫無邏輯的碎念。誰會對這種東西感興趣？

金在絢安靜了一會，然後緩緩地開口。

「嗯，我想，這就是你開始不要去在乎的時候了。」金在絢一字一句地說道。

不知道為什麼，程喬恩覺得他在金在絢的話語中，聽見了難得一見的小心翼翼。

「我是說，只要你的筆記不是像《辣妹過招》那樣寫滿其他人的壞話，你其實真的沒什麼好怕的，對吧？」

「但是，這沒那麼簡單——」程喬恩說，但話說了一半就煞住了。

仔細想想，金在絢的話或許也沒錯。如果他寫在筆記本裡的那些思緒讓別人看到了，那也只不過是一件難為情的糗事而已。搞不好那些人根本連他是誰都不知道。搞不好他們根本就不會在乎三千多個學生中，其中一人暗戀著另一人，這種無關緊要的小事情。

只要金在絢沒有看見，那其他人其實跟他一點關係也沒有。而如果金在絢知道了——就算他知道了，他也不會傷害程喬恩的。

對吧？

程喬恩不確定自己這樣的想法有沒有邏輯上的漏洞——但是現在的他，在大腦接受了一整個晚上的刺激之後，實在有點難以思考。他只能確定一件事：只要待在金在絢身邊，就算整個學校明天就被原地剷平，他也不在乎。

「嗯，我想你說得也沒錯吧。」程喬恩低聲說。

他預期著會聽見另一個戲謔的回覆，但出乎他意料之外的是，金在絢只是保持沉默，沒有馬上回答他。

程喬恩突然覺得頸後一陣發麻。又出現了，那種預感——那種好像有什麼事情要發生，而且即將發生的預感。他們好像走在一條非常、非常細的繩索之上，而只要他踏錯一步，一切就會落入深淵中，再也無法回頭。

但……這樣究竟是不是好事呢？

程喬恩的臉頰有些發燙，但他希望自己的捲髮和黑暗的環境，可以稍微遮擋住他的臉。他可以聽見金在絢的呼吸聲，就在他身邊。程喬恩感覺自己體內有一股衝動，驅使著他、推動著他，讓他好想要做點什麼。但是程喬恩不敢往心裡的更深處挖掘——他不想知道那股衝動是來自什麼地方，也不想知道他究竟該拿它怎麼辦。

只看一眼應該沒關係……吧？

程喬恩鼓起勇氣，朝金在絢的方向一瞥，卻驚愕地與金在絢對上了視線。

他像這樣盯著他看多久了？

程喬恩不知道現在自己的表情是什麼樣子，但是金在絢的反應讓他懷疑，自己一定看起來蠢斃了。

「你幹麼那樣看我？」金在絢歪著一邊的嘴角。「好像我的頭上多長了一支角還是怎樣的。」

他的聲音很低，幾乎有點沙啞。在四下無人的環境中，金在絢的嗓音成為程喬恩此刻唯一能聽見的東西。

金在絢的臉離他好近，近得有點超過程喬恩的承受範圍了——程喬恩可以看見他細長的深色眼睛，他濃密的睫毛，還有臉頰上被太陽晒出的一點點雀斑。這些部分明明是程喬恩再熟悉不過的，但此刻，他不知道自己為什麼像是從來沒有見過它們一般，過度仔細地一一審視著他的臉。

「沒……沒什麼。」程喬恩嚥了一口口水。

金在絢來回看著他的雙眼，輕聲問：「你在害怕嗎？」

害怕？他該害怕嗎？他要害怕什麼？

程喬恩不確定金在絢指的是現況，還是筆記本的事，或者兩者皆是。而程喬恩自己也不知道答案。

程喬恩時常在他的筆記本上進行第二次的思考，而他總是可以幫自己的感覺和情緒找到適當的名字。但今天晚上，他腦中所有的一切都只是一團模糊的色彩，他沒有辦法釐清，因此也無法產生正確的結論。

在他發現筆記本消失的那一刻，他就像是同時失去了對自己的控制——這聽起來或許有點太老掉牙、太明顯了，但是十幾年來，程喬恩已經太習慣把他的筆記當成自己生活中的錨點，是他與這個世界的連結，同時也是一面為他與世界拉出適當距離的擋箭牌。

當他失去了那一層保護時，他不僅覺得這個世界突然變得太大、太吵、太多刺激，他自己在世界中也顯得無比赤裸。

而他現在，就是以失去了一切保護的姿態面對金在絢。

所以，是的。他是有點害怕。

「對。」他用同樣幾乎不可聞的聲音回答。

「不要怕。」金在絢說。

金在絢微微向前傾身，一瞬間，他的鼻子幾乎就要撞上程喬恩的鼻尖。程喬恩驚慌地試圖向後退去。他沒有辦法退得太遠，就被身後的木頭欄杆攔住了。

「金在絢。」程喬恩開口。

這是他的聲音嗎？他幾乎認不出來了。金在絢的臉離他太近，好像程喬恩只要稍微挺直背脊，他們的嘴脣就會相碰——程喬恩忍不住屏住呼吸。

「程喬恩。」金在絢回答。他低聲笑了起來。

「你覺得……」

金在絢的視線太過強烈，使程喬恩幾乎沒有辦法建構出正常的句子。他清了清喉嚨，艱難地說道：「你覺得這是個好主意嗎？」

「我不知道。」金在絢思索了一下。「你覺得呢？」

程喬恩張開口，但他還來不及說話，他的眼中突然就只剩下一片黑暗。程喬恩的腦中警鈴聲大作，但他不知道是為了什麼；然後，一雙嘴唇就擦過了他的嘴。程喬恩的大腦像是被按下暫停鍵似的，瞬間停止運作。

這是……怎麼回事？

他眨著眼睛，但他發現自己什麼也看不見——或者說，他看得見眼前的景物，但是他卻沒有辦法聚焦在任何東西上。

那甚至稱不上是一個真正的吻，只是兩張嘴蜻蜓點水的碰觸。但是這是程喬恩短暫的十七年人生中，第一次徹徹底底、完全失去了語言能力，彷彿所有的文字都從他的體內被抽乾。

金在絢的嘴唇就和他想像的一樣：有點乾燥，又十分柔軟。這是程喬恩在腦中、在筆記本上，幻想過、描繪過無數次的情境。但程喬恩沒有想像到的部分是氣味：金在絢的口鼻處有一股很淡、卻令程喬恩頭暈目眩的甜味。儘管只有短暫的一瞬間，但那股香氣卻直衝程喬恩的腦門，使他的腹部產生了一股近似於飢餓的感覺，他貪婪地想要再多一點、再多一點點就好……

當程喬恩的視線再度恢復運作時，他只是呆滯地望著金在絢。他的身體拒絕與他合作，僵硬而緊繃地停留在原地。

金在絢向後退開了一點，好讓他能打量程喬恩的臉。

「你覺得呢？」他又問了一次。這次，他的聲音聽起來帶了一點鼻音。「你覺得這是個好主意嗎？」

程喬恩沒有辦法回答。他一片混沌的腦中，逐漸有幾個字浮現出來。

金在絢吻了他。他們接吻了。

這對程喬恩來說是一條全新的資訊，而他的大腦還不知道要怎麼處理這條資訊。但是他的身體似乎很清楚要怎麼反應。

在程喬恩還沒有意識過來之前，他就從地面上撐起身子，往金在絢的方向靠了過去。下一秒，就像報復一般，他的嘴唇重重地撞上了金在絢的嘴。他感覺到金在絢的嘴唇在他的嘴下拉開了一個微笑。

「幹得好，程喬恩。」他貼著他的雙唇，喃喃說道。「你只是需要一點微調。」

一雙大手捧住了程喬恩的臉頰，輕輕將程喬恩的面孔往一旁轉了一個角度。然後他們兩人的鼻子就不再彆扭地擠在一起了。金在絢的嘴唇完美地找到了程喬恩，每一個凹陷和突起彷彿都找到了最適合它們的位置。

金在絢的嘴唇微微一動，含住了程喬恩的下唇，輕輕吸吮。一股如同電流般的感受，從程喬恩的後頸開始，一路沿著脊椎向下竄去。在那一瞬間，儘管程喬恩閉著雙眼，他卻覺得就像有煙火在他眼前綻放。絢麗、耀眼，使程喬恩變得盲目，但這種感覺實在太過美好，他永遠也不希望它結束。

程喬恩覺得自己好像迷失在一場暴風之中，他已經無法分辨自己身處何處，也沒有辦法辨識現在他們究竟在做些什麼。但是金在絢的雙手就像是暴風之眼，將他圈在其中。四周的風暴迴旋、肆虐，但是在金在絢的手中，程喬恩只感到絕對的安全。

金在絢的嘴唇再度動了起來，一個溼軟的東西輕輕碰觸著程喬恩的下脣內側，像挑釁、又像試探。

程喬恩的身體熱了起來，使他坐立難安，而他沒有辦法阻止自己的身體產生它現在正在產生的反應。

「唔……」一聲詭異的聲響竄進程喬恩的耳中，而他過了彷彿很久很久的一秒之後，他才意識到，那是他自己的聲音。

在他耳裡，金在絢的呼吸變得粗重，而程喬恩的身體無法克制地往金在絢靠了過去。他好想要離金在絢再近一點，再多一點碰觸，他想要金在絢的手在他身上，而不只是臉上——

他聽見金在絢倒抽一口氣，隨後，儘管程喬恩千百個不願意，金在絢的嘴還是硬生生地從程喬恩的脣上挪開了。程喬恩發出一聲抗議的咕噥聲。

他緩緩睜開眼睛。

金在絢雖然向後退開了一點，但是他的視線仍然落在程喬恩的臉上，他的手也仍然捧著程喬恩的雙頰。

程喬恩眨了眨眼，試圖讓自己模糊的視線聚焦在金在絢臉上。

「靠。」金在絢低聲說。

程喬恩深吸一口氣，這才發現自己的呼吸顫抖不已。他輕吐出氣息，動也不動地望著金在絢。他不想要破壞這一刻，也不希望金在絢把手放開。如果可以，他真希望時間就停留在這一秒，這樣他就不用去面對明天的一切，也不需要思考其他一切的可能性。

金在絢放開了他的臉。

一股失望之情油然而生，但程喬恩撇開目光，小心翼翼地藏住自己的心情。

「靠。」金在絢又說了一次，然後他低低地笑了起來。「程喬恩啊。誰想得到呢？」

程喬恩不太確定這是什麼意思，他只是瞇起眼睛，打量著金在絢的臉。金在絢伸出一隻手，輕輕將程喬恩落在眉毛上的捲髮撥開。

儘管這個吻已經結束，程喬恩卻覺得煙火還沒有結束。他的臉龐仍然溫熱，他心中也仍然渴望著金在絢的手指。

噢，天啊。他是不是發瘋了？

後來，在他們準備離開公園時，金在絢在小徑上將手伸給程喬恩。而程喬恩沒有猶豫太久就牽住了他。

金在絢騎車陪著程喬恩回到家，和他一起走上家門前的臺階。

「晚安。」他對程喬恩說。然後他在程喬恩的額頭上印下一吻。

程喬恩站在臺階上，看著金在絢對他揮揮手、騎著腳踏車離開。最後，他打開家門，回到屋裡。客廳的燈亮著，程喬恩腦中浮現媽媽拿著一杯熱牛奶，坐在沙發上看著老電影重播，等待他回家的樣子。

他來到客廳，只見媽媽用和他想像中一模一樣的姿勢窩在沙發的一角，只不過電視上播的不是老電影，而是重播的晚間新聞。

「歡迎回家，兒子。」看見程喬恩時，媽媽露出了微笑。她把沙發上的毛毯拉開，示意程喬恩來她身邊坐下。「你們去哪裡玩啦？」

「我們去了公園。」程喬恩說。不知道為什麼，他覺得自己好像有必要再強調一下細節。「慈恩公園。去騎腳踏車。」

媽媽微微挑起眉，微笑的角度擴大。她不相信他——程喬恩看得出來。或許是他的表情出賣了他，或許是因為他的臉頰還泛著紅暈。還是她其實聽得見他跳得有點太快的心跳聲？程喬恩永遠都不知道為人母親的人，為什麼總是有辦法戳破兒子的謊言。但是她也沒有追問。

「好喔。」她說。「好玩嗎？」

程喬恩點點頭。媽媽伸出手，輕輕爬梳過程喬恩捲曲的頭髮。他和媽媽一起看了半小時的《達人秀》，然後程喬恩就表示他要去洗個澡，準備睡覺了。

就連沖澡也無法將今晚的一切從程喬恩的腦中洗去。他甚至連頭髮都沒有吹乾，就打著赤膊回到了房間裡。他把房門關緊，熄滅了房裡的燈，把自己埋進被窩裡。

他閉上眼睛，回想今天發生的一切，但他想得最多的，當然還是在公園裡的那個吻。金在絢的體溫、嘴唇的觸感，還有他輕輕吸吮的動作——這對程喬恩來說太新、也太陌生，但是一旦他嘗過一次這樣的滋味，他就再也無法忘懷了。程喬恩吐出一口顫抖的氣息，感受著自己的身體因為那些記憶而發熱。血液往他的下腹集中，而程喬恩的身體從來沒有像現在這麼緊繃、又這麼興奮過。

今天本來是程喬恩人生中最糟糕的一天，但現在，它也是他人生中最美好的一天。

第十二章　失言

這堂體育課和平常的沒有什麼差別。一群學生鬧哄哄地擠在室內體育館裡，由體育老師把他們兩兩分組，拿籃球進行定點投籃的練習。學生們的喊叫聲和籃球在地上反彈的聲音，在體育館內迴盪不已。體育老師在一個個籃球框間來回巡視，吹著哨子，指揮學生站在特定位置上投籃。

金在絢對體育課稱不上喜歡；比起球類運動，他更喜歡跑步，但是籃球也還勉強可以接受。再說，學校的課程，向來跟你喜不喜歡一點關係也沒有。

和金在絢分在同一個小組的學生叫做馬沛倫，他和金在絢已經同班了三年，但是金在絢從來就沒有喜歡過這個孩子。比起金在絢，他和蕭愷帆那一掛的學生走得更近一點，但他的身材太瘦，總是弓著背，好像就連他自身的體重對他來說都是過度負荷似的，所以蕭愷帆也從來沒有把他當成一回事。而金在絢從頭到尾都覺得他只是個頭腦簡單、四肢不算發達，又一直希望自己可以成為不良少年的傻小子。

看著他用彆腳的姿勢抓著籃球，胡亂抛出，讓球從距離籃網好幾吋遠的地方「砰」的一聲砸在木板地上，金在絢抑制不住自己嘆氣的衝動。他幾個大步從底線後方撈回籃球，來到老師指定的位置，正準備出手。

這時，他注意到馬沛倫站得離他有點太近了。他嫌惡地看了對方一眼，但馬沛倫的嘴上掛著不懷好意的微笑，來回打量著他。

「幹麼？」金在絢忍不住開口。

馬沛倫鬼鬼崇崇地朝他靠了過來。這時，金在絢才注意到，他手上拿著一支手機。

「金在絢，我覺得你應該要看看這個。」馬沛倫把螢幕推到金在絢面前。

金在絢心中突然湧起一股非常不好的預感。馬沛倫跟他平時根本就不是會聊天的朋友，真要說的話，他們只能算是彼此知道名字的點頭之交罷了。他拿給金在絢看的，會是什麼好東西？

「什麼鬼？」

金在絢本來一點都不想要對他秀出的圖片投入心思。但是當他心不在焉地瞥了一眼馬沛倫的螢幕準備打發他時，畫面上的東西，卻像有某種魔力吸引著他的視線。出於某種原因，他的身體似乎比他的大腦還要更早意識到那是什麼。

靠。

「拿來。」金在絢扔下籃球，抓住馬沛倫的手腕，硬是把他的手機湊到眼前。

他把圖片放大，定睛一看——那是從一張筆記紙上翻拍下來的照片，雖然畫質不算好，上面的字跡還是清晰可見。

〔我一直夢見他。不只是夜晚，就連白日夢也是。一直都是他。睜開眼、閉上眼，我都看見他在我眼前。他穿的T恤，他有點乾裂的指緣，他的牛仔褲口袋總是因為手機而鼓起——而這些都不是我喜歡他的原因。我喜歡他，是因為他看得見我。當他看著我的時候，我不再只是一個透明的背景、一個坐在教室裡卻沒有名字的學生。他知道我的名字，知道我的恐懼，知道我的快樂，他知道我是誰。而我多希望我能用同樣的方式看見他——〕

讀了幾句，金在絢就覺得他沒有辦法繼續看下去了。他的心臟跳得好快，快得使他感到有點反胃。對，他看見的文字裡沒有提到寫作者的名字，也沒有寫出那個「他」究竟是誰；對，他也不是什麼文學分析的專家——但是他有什麼好自欺欺人的？要命，看著這些句子，他腦中幾乎是立刻就浮現了程喬恩的臉。

「這是什麼？」金在絢瞇起眼，轉向一旁的馬沛倫。

馬沛倫沒有回答他，只是用他過於尖銳的下巴指向手機。

「你看完了嗎？」他露出了卑鄙的微笑。「後面還有更精采的。」

金在絢知道他應該要停止的。如果這真的是程喬恩的筆記，那麼它就不是應該要讓他，或是其他任何人看見的東西。

但是他說不清那是好奇心作祟，或是其他什麼原因——或許是因為馬沛倫太堅持要他看下去，使他產生了一股懷疑。這東西和金在絢有什麼關係？

〔一開始，我無法對自己承認這種事——我怎麼會知道呢？我要怎麼知道那是對朋友的喜愛，或是其他的感覺？我是說，這世界上有誰有辦法百分之百的肯定？但是後來我就知道了。當我看著他的側臉，在他沒有注意到的時候觀察他的表情，我就知道了——我愛他的笑容，或甚至他沒有笑容的時候。我不敢想像我會寫下這些字，這感覺幾乎有點太赤裸了，連我自己都無法直視——但是我喜歡金在絢。我沒有辦法否認這件事。〕

要命。金在絢拚命吸著自己的口腔內側，壓抑著自己心底的衝動。他想要打飛馬沛倫那一口亂七八糟的牙的衝動。

程喬恩真的寫出了他的名字。不只是程喬恩，金在絢現在也沒辦法否認這件事了。

「你從哪裡弄到這個的？」金在絢挑起眉，故作心不在焉地說。「這是什麼？」

「你的好朋友，程喬恩啊。」馬沛倫回答。他期待地打量著金在絢，一邊壓低聲音說：「他總是在寫一本筆記本，你不知道嗎？這張小圖片——就是從裡面截出來的。」

金在絢只想要把他的臉壓在地上磨。

「你怎麼知道那是他？」金在絢勉強露出一抹微笑。「搞不好就只是某個少女寫的日記而已。」

閉嘴，金在絢。他在心中咒罵。繼續辯解下去，他只會聽起來越來越可疑而已。

「嗯，那當然是因為，我看到的不只是這一張圖而已啊。」馬沛倫神祕兮兮地湊過來，好像自以為掌握了什麼非常機密的資訊似的。「相信我，這就是程喬恩的傑作。所以，現在只剩下一個問題了。」

馬沛倫來回打量著他，使金在絢非常想要迴避他的視線，但是他腦中的另一個聲音告訴他，不行，他必須要直面馬沛倫的挑戰，否則他只會留下另一個話柄。

「怎樣？」金在絢向後退開一步，雙臂在胸口交抱。「你要問什麼？」

「你早就知道了嗎？」馬沛倫說。「你知道程喬恩喜歡你？」

金在絢好不容易掌控住的心跳，再度加速了起來。該死，這是要他怎麼回應？金在絢的第一個反應是說對，他早就知道了——但是這樣一來，他就是在替程喬恩的窘境火上加油了。他不能給那些人更多嘲弄程喬恩的理由，不能給他們更多把這個八卦傳遞出去的理由。

另外，他也不希望自己成為這個八卦的中心之一。

他沒有辦法阻止程喬恩把他的名字寫在筆記裡，事實上，這也不是程喬恩的錯。偷走程喬恩的筆記的人，才需要負起全責。但是，難道金在絢就必須要一起承擔這個後果嗎？

是，他是同性戀，而且他還不小心喜歡上了他才認識一個多月的新朋友。但是這不代表他希望他們的關係成為學校同學之間的談資。那是他最不想要的發展走向。他不想透露出任何一點個人資訊給這些無關痛癢的人知道——他不介意讓程喬恩看見他的祕密，但是學校裡的這些同學，和他又有什麼關係？

如果他和程喬恩的事情變成了眾所周知的事，那麼他們不可避免地得做出某些抉擇——而這完全違背了金在絢的行事原則。

他和程喬恩的事，就只該停留在他和程喬恩之間。越少人知道越好。

除此之外，還有他畢業後就要搬家的事。就算程喬恩真的喜歡他、他也真的喜歡程喬恩，他們也不可能在一起。他聽過太多上了大學之後就分手的故事，這對高中生來說幾乎就已經是不可動搖的真理了。如果連在臺灣境內相隔兩地都沒有辦法維繫感情，那麼未來金在絢回到韓國之後，他們之間相隔的可是幾千公里的距離。

再說了，他家不就是一個活生生的例子嗎？

在他媽媽告訴他，她和他爸爸已經沒有辦法共同生活的時候，金在絢的第一個念頭，是想要反駁她，反正他們本來就沒有一起生活啊。但話說回來，這正是問題的癥結點，不是嗎？

他的爸爸總是在美國、韓國和臺灣三地到處忙碌，具體在忙什麼，金在絢也說不上來。就連他高中畢業之後要跟著爸爸回韓國，這件事也不是他能決定的。

他以前太小了，還不能理解，媽媽一個人帶著他在臺灣、等待自己的丈夫回家是什麼心情。但是看著媽媽說話時冷靜而緊繃的面孔，金在絢才終於懂了，沒有什麼東西能夠彌補兩人之間長長的距離所帶來的隔閡，就算是自己的兒子也不行。

所以金在絢沒有哭。他十五歲了，他不再是那個需要掛在媽媽的腳邊才能生存的小孩子。如果媽媽要走，他不會說話的。

「記得過年紅包還是要包給我啊。」最後，金在絢只是對媽媽這樣說，配上一個硬扯出來的微笑。

他還記得媽媽的臉頰抽動了一下，而金在絢不確定她是想笑還是想哭。

後來媽媽走了，爸爸待在臺灣的時間就多了。金在絢不需要這種替換，也不需要爸爸的照顧。媽媽的離開證明了很多事情，這樣就夠了，至少金在絢學會了兩件事。

首先，遠距離是個大大的地雷。第二，他並沒有重要到會讓媽媽願意為了他留下。

這還有什麼好說的？

不知道為什麼，金在絢突然覺得有點惱怒。要死。為什麼這些白痴就不能管好自己的事情就好？

在此之前，金在絢都覺得他已經處理得很好了。他和程喬恩保持著親密而低調的關係，沒有人知道他們的事，而他們兩人都很快樂。就連程喬恩，好像都已經快要忘記了自己的筆記本遺失的事。

但是這些好管閒事的混帳，就偏偏要拿跟他們無關的破事來扇風點火。

不，他不能發火。對方的表情充滿了期待，就像是在等待他露出馬腳。他不能滿足這些嗜血的混蛋。他最好不動聲色——表現得越冷靜沉著越好。

「他才沒有啦，白痴。」金在絢微微一笑，輕描淡寫地回答。「我們的關係不是那樣，跟你們想的不一樣——我們就只是很好的朋友而已。」

對方竊笑起來。

「很好的朋友？」他再度低頭看了看照片中的文字，搖搖頭。「嗯，我覺得這可不叫做『好朋友』。」

「不管你們怎麼想，我什麼都不知道。」金在絢說。「你們愛怎麼幻想都行，別把我和程喬恩扯進去。」

「好喔，金在絢。我聽到你說的話了。」馬沛倫歪了歪頭。

金在絢不知道他那個愚蠢的腦袋是怎麼處理他剛才說的那句話。如果可以，他只想把他的頭蓋骨打開，給他的大腦一頓徹徹底底的按摩之後再塞回去。

「好喔，天啊。」金在絢翻了個白眼。「我覺得就連剛才那番對話都是在浪費空氣。」

他彎身撈起腳邊的籃球，瞪視著馬沛倫。

「你還要不要繼續投籃了？等一下被體育老師沒收手機的人可不是我。」

馬沛倫在體育老師來到他們的籃球框旁之前，及時把手機塞進口袋裡。他們繼續定點投籃，但是金在絢在接下來的課堂時間中，一句話也沒有說。

這是金在絢的人生中很少很少出現的感覺。他一直都以自己快速的思緒和口才為傲，而在他短短的一生中，他幾乎不曾為了他說出口的話而後悔過——

嗯，至少在認識程喬恩之前沒有。但不知為何，自從他開始在意起程喬恩後，他好像連該怎麼說話都不確定了。

他不知道這股預感是從哪裡來的。但他覺得，他好像說了一句非常、非常錯誤的話。

第十三章　暴風雨

這對程喬恩來說真的太困難了，而且一天比一天更難。

和金在絢坐在一起的時候，他真的很難假裝他們兩人之間什麼事都沒有發生——尤其是在星期天之後。那股身體與大腦同時失控的感覺，使他回想起來仍覺得驚魂未定。他的身體吶喊著理智上不該存在的要求，而他幾乎就要放任它去追求它想要的東西了。

天啊。他該怎麼面對這件事？更重要的是，他該怎麼面對金在絢？

星期一，當他和金在絢在餐廳外碰面時，程喬恩沒有辦法直視金在絢的雙眼。他甚至沒有辦法看向金在絢所站的位置。

「嗨。」程喬恩頭也不抬地低聲說，一邊跟著其他學生走進餐廳的大門。

「嗨，程喬恩。」金在絢的聲音帶著笑意，在他耳邊迴盪。

靠近金在絢的那一側，程喬恩的手臂微微刺癢，像是冬天時的毛衣因為靜電而黏在身上的那樣。金在絢的手臂距離他只有幾吋遠，保持著既貼近、又不至於碰觸的狀態。金在絢像往常一樣說著話、為自己說的笑話咯咯發笑，但是程喬恩得承認，他幾乎沒有在聽。他的注意力只放在右手邊的男孩身上，而他的腦中，不斷在思考該怎麼縮短那段距離。

但是在他想到辦法之前，他們就已經和其他的朋友會合了。金在絢立刻和溫志浩互相開起玩笑，而他和程喬恩之間那股電流般的張力也在那一刻消失。

用餐時，程喬恩照例坐在金在絢隔壁的座位上，聽著他生動地講述今天班上同學發生的蠢事。

「所以，他就跟老師說：『嗯，我猜我媽在她這個年紀的時候，也是這樣想的。』」金在絢模仿著某個男孩粗啞的嗓音，含糊地說。

「哈！」溫志浩大笑一聲。「我猜老師氣到都要吐血了。」

「何只是吐血。」金在絢搖著頭，故作遺憾地嘆了一口氣。「我發誓，我都可以看見有蒸氣從她耳裡噴出來了。」

程喬恩坐在一旁，跟著其他十一年級的孩子們一起笑，但是金在絢動作更大的某些時刻，他的膝蓋就會和程喬恩的相撞。程喬恩的視線，就像被某種繩索牽引著，往他們膝蓋接觸的方向看去。

他有注意到嗎？還是這個動作沒有任何意義？

金在絢的身子往旁邊挪開了一點。程喬恩悄悄往金在絢的面孔瞥去，但是他像是什麼都沒有發生似地繼續和蘇賢鈞說著話，甚至也沒有多看程喬恩一眼。

程喬恩的視線轉回自己的餐盤上，一邊用叉子撥弄著盤中的薯條。不知道為什麼，他突然感覺有什麼事情不太對勁。那是一種預感，非常非常細微的那種——他甚至不知道這種感覺是從哪裡來的。

他暗自回想著從進入餐廳開始到現在的一舉一動。一切都很正常，金在絢的表現無比自然，他對程喬恩的微笑一如往常，他也和之前一樣會在餐廳門口和程喬恩會合。那麼，程喬恩是覺得哪裡不一樣了呢？

他說不上來，他真的說不上來。金在絢把身體往一旁移開的動作，其實也很合理，對吧？就算他們對彼此有好感，也不代表金在絢就喜歡和他沒事就撞在一起⋯⋯

「——喬恩？」謝薇娟的聲音從桌子的另一角傳來。

程喬恩驚愕地抬起頭，這才發現，此時桌邊的許多雙眼睛，正直勾勾地望著他。

「呃。」程喬恩有點難為情地微微一笑。「我剛剛沒有聽見。」

「你在玩食物。」謝薇娟問。「你肚子不舒服嗎？」

程喬恩的臉頰開始升溫。「沒有。」他搖搖頭。「我只是在想事情。」

「對，程喬恩和他腦中的小世界。」金在絢哼笑了一聲，轉過頭來，挑起一邊的眉毛看著他。「到底有什麼事情這麼好想啊？」

金在絢的嘴角帶著一點笑意，眼神在程喬恩的身上停留了很久。程喬恩轉開視線，對著謝薇娟露出一個傻笑。

「嗯，你繼續發呆下去，午休時間就要結束了。」謝薇娟提醒道。「你現在該吃飯囉。」

「聽起來好像媽媽喔，薇娟老媽。」溫志浩對她咧開嘴。

謝薇娟把手插進自己的水杯裡，然後將手指上的水珠往溫志浩的臉上甩去。

直到話題從他們身上轉開，程喬恩才又偷看了金在絢一眼。當他和金在絢對上視線時，他的心臟突然重重一跳。金在絢依然看著他，但是他嘴角的笑容只剩下一點影子。

程喬恩忍不住皺起眉頭。儘管他和金在絢這幾天的相處時間大增，他對金在絢的認識突然有了無比的深入，甚至也許比溫志浩知道的更多，但他不得不承認，大多時候，他都還是不知道金在絢在想什麼。

他知道金在絢喜歡他——金在絢的眼神和他們交換的那些吻，都透露出了程喬恩無法否認的答案——但是他不知道金在絢打算要拿他們的關係怎麼樣。他現在對金在絢來說算什麼？「他們」算什麼？

想到這一點，程喬恩的心底就騷動不已。他不知道現在他該怎麼做。這種事都是怎麼運作的？他需要去問清楚金在絢的想法嗎？還是等待金在絢來和他說明？還是他們就什麼也不做，就順其自然、讓事情自由發展？

這一切，對程喬恩來說都太新、太陌生。他什麼都不知道。

那天下午的課堂，程喬恩幾乎都在紛亂的思緒中度過。這對他身為一個新學生來說真的不是好事——他才剛開始比較跟得上老師們的進度而已。少了筆記本的他，只能在筆記紙上胡亂寫著不成篇的段落。但他知道，現在就算他的筆記本在手邊，這些事也不是他能靠自己釐清的。

這到底為什麼這麼難呢？

星期二中午，事情對程喬恩來說，又變得更加難以理解。

金在絢和程喬恩一如往常地來到他們的桌子旁。溫志浩和謝薇娟已經在座位上了，而蘇賢鈞和邵奕民還不見蹤影。

「你們真的很慢。」溫志浩一看見他們兩人就出聲喊道。「你們看到取餐的隊伍排到哪裡去了嗎？」

「不是我的錯啊。」金在絢用大拇指對著程喬恩的方向比劃了一下。「我們的小喬恩今天讓我在樓下等了好久。」

程喬恩露出帶著歉意的微笑。

「抱歉，今天歷史課看了比較久的影片……」

「走吧，我快餓死了。」溫志浩一手勾住金在絢的脖子。「他們說今天的主餐是照燒雞肉喔。」

眼看溫志浩就要把金在絢往餐臺的方向拉去，程喬恩放下背包，正準備要跟著他們一起移動。但是他接著就看見謝薇娟坐在椅子上。她滑著手機，沒有看向其他人，也沒有打算要起身的意思。

「薇娟？」程喬恩試探性地問道。「你不想吃點東西嗎？」

「沒。」謝薇娟頭也不抬地說。「等一下吧。」

「妳有什麼毛病啊，謝薇娟？」溫志浩回頭看了她一眼。「妳被甩了嗎，還是怎樣？」

「你才被甩了。」謝薇娟回嘴。「別管我了。你們先去吧。」

溫志浩和金在絢轉身往餐臺前排隊的人潮走去，但程喬恩還在座位旁猶豫著。謝薇娟看起來有點太安靜、又有點心不在焉，和她平常熱情的樣子大相逕庭。

「妳還好嗎，薇娟？」程喬恩問。

「我？我好得很。」謝薇娟的視線從手機螢幕上抬起，望向程喬恩。她露出一個淺淺的微笑。「其實呢，我是有些事情想要問你。」

程喬恩皺起眉。「我？」

儘管中午都會和謝薇娟一起吃飯，和她相處也都十分輕鬆，但是對程喬恩來說，謝薇娟還是一個不太熟悉的存在。她太耀眼、又太活躍，隨時都精力充沛，有時令程喬恩感到有點難以招架。

像她這樣的女孩，會有什麼事情要問他？

難道……她發現他和金在絢的事了嗎？

「對呀，你。」

她把手機放到桌面上，靠向他的方向，手上的幾條串珠手鍊發出清脆的聲響。她又圓又大的雙眼直直看著他，剛才那抹陰鬱的氛圍突然一掃而空。

「所以，這是我要問你的第一個問題：你好嗎？」

程喬恩不太懂她想要說什麼。出於某些原因，程喬恩突然感到有些不安。他瞇起眼睛，打量著謝薇娟的臉。

「還好吧。」程喬恩說。「怎麼了？」

「蕭愷帆還有再找你的麻煩嗎？」她問。「你知道，不管是課堂上，還是下課時間。」

蕭愷帆？

聽見她提起蕭愷帆的名字，程喬恩不禁一愣。老實說，在這一刻之前，程喬恩都已經快要忘記蕭愷帆這個人的存在了。

自從程喬恩和金在絢從校門口解救了周以樂之後，蕭愷帆似乎就打消了繼續針對程喬恩的念頭。代數課上，蕭愷帆再也沒有正眼看過程喬恩，下課時間，如果程喬恩偶然和他在走廊上擦身而過，蕭愷帆就會像是穿過一道空氣牆似的，直接用身體把他撞開。他不會停下來多看程喬恩一眼，但是他同樣也不會和程喬恩多說一句話。而對程喬恩來說，他其實比較喜歡這樣。

比起被蕭愷帆毆打和羞辱，他更希望被當成透明人。

「沒有。」程喬恩誠實地說道。「我覺得他已經忘記我了。」

謝薇娟的表情有些奇怪：她的嘴角揚起一個似笑非笑的角度，眼神來回打量著程喬恩的臉。

「嗯，如果是這樣就好了。」她吐出一口氣。「那麼，程喬恩，我要問你第二個問題了。」

「妳開始讓我覺得害怕了，薇娟。」

「嗯，你是應該要害怕。」謝薇娟笑了起來。「我可沒有打算要輕易放過你。」

看見她的笑容，讓程喬恩的心情稍微放鬆了一點。只有一點點。謝薇娟和他說的話實在太不自然了，而且似乎有什麼事情她不想直說。只是她透露出來的訊息太少，程喬恩無法歸納出來。

「回答我的問題就好了，喬恩。」謝薇娟彈了彈手指。「我是在試著幫你。你相信我嗎？」

「我相信妳。」程喬恩說。「可是這整個對話都讓我起雞皮疙瘩了。發生什麼事，薇娟？」

但是謝薇娟好像沒有聽見他的問題。她只是緊盯著他，繼續問道：「所以，你來這裡也已經超過一個多月了。你覺得這所學校怎麼樣？」

「我在……慢慢習慣了。」程喬恩猶豫了一下，緩緩回答。

真要說的話，他不想要繼續配合謝薇娟玩這種奇怪的你問我答了。此刻，他已經很確定謝薇娟有話想說——或者說，有話沒說。但是到底是什麼？她問的這些問題，究竟是想聽到什麼答案？

「那——你對班上的哪個女生有興趣嗎？」謝薇娟問。

「什麼？」

這個問題來得完全出乎程喬恩的意料之外，使程喬恩有點措手不及，差點爆笑出聲。原來，謝薇娟想說的是這個嗎？她拐彎抹角地問了這麼多，其實是想要問他目前有沒有心儀的女孩？

但是謝薇娟的表情，卻又讓程喬恩有些懷疑。她不像是在暗示程喬恩她對他有好感。她只是掛著淺淺的微笑，但那股笑意卻沒有抵達她的眼睛；她的眼神很嚴肅——嚴肅得讓程喬恩的心臟又緊縮了起來。

程喬恩清了清喉嚨。「嗯，沒有。」

他沒有對任何一個女孩有興趣。但那不是她們的問題。

「沒有任何人約你出去嗎？一個女生都沒有嗎？」謝薇娟繼續問道。

程喬恩不禁失笑。「她們應該要嗎？」

謝薇娟垂下視線，雙手在桌面上交握。她把玩著自己的手指，咬了咬嘴脣，再度看向程喬恩。

「喬恩，有一件事，我覺得——」

「你們怎麼坐在這裡啊？」

邵奕民的聲音從天而降，硬生生地把謝薇娟的話給截斷。程喬恩受驚地抬起頭，看見邵奕民和蘇賢鈞，正站在他們身邊的走道上。邵奕民聳起粗濃的眉毛，來回看著他們倆。

「其他人呢？」

「在那邊排隊了。」謝薇娟說。

她臉上詭異的表情消失了，再度恢復她平常和朋友相處時那種有點傻氣、又美麗至極的笑容。

程喬恩懷疑地看著她。她要說什麼？程喬恩已經離這個問題這麼近了，就差一句話。可是那個時機已經消失，而程喬恩知道，在今天這個午休，他已經無法從謝薇娟那裡得到回答了。

程喬恩的腸胃翻攪了起來。

在他們起身一起去排隊之前，蘇賢鈞和邵奕民看來已經不打算離開。他們站在走道上交談著，顯然就是在等程喬恩和謝薇娟加入。謝薇娟也收到了同樣的暗示。她抓起手機，塞進口袋裡。

「走吧。」她對程喬恩說。「我猜我們快要只剩下照燒醬可以吃了。」

午餐時間已經所剩無幾，但是這對程喬恩來說也不是什麼大問題——和謝薇娟那番奇異的對話之後，程喬恩的食慾全失，他只是不斷在腦中重新思索著她提出的問題，但是卻不知道自己究竟想要得到什麼答案。

這一切對他來說都好困惑。食物的味道充斥著他的鼻腔，他卻只覺得反胃。

而等到所有人都在桌邊坐定之後，他們今天的座位安排，對程喬恩的焦慮更是一點幫助也沒有。

他不確定是不是他多想了，但是當他和謝薇娟回到桌邊時，他發現金在絢身邊平時的空位，今天卻被溫志浩和蘇賢鈞占據。

金在絢的表情看起來再自然不過了。當他注意到程喬恩的視線落在他臉上時，他並沒有和程喬恩對視。他的雙眼只是掃過程喬恩的面孔，然後轉向謝薇娟。

程喬恩端著餐盤，在桌子的一角坐下。

程喬恩一點都不懂。

他不懂他為什麼會這麼在意自己有沒有和金在絢並肩而坐，也不懂他自己為什麼會突然湧起一股想要落淚的衝動。

他以為那已經是屬於他的位置了。畢竟，從他開始加入金在絢的桌子以來，他就是一直坐在金在絢左右的。

所以，為什麼是今天，為什麼偏偏是他被謝薇娟奇怪的問句搞得頭昏腦脹的這一天？

這頓午餐，程喬恩幾乎不知道是怎麼結束的。他甚至沒有聽見打鐘的聲音。直到金在絢的身影籠罩著他，略顯不耐地對他說：「你不去上西班牙文了嗎？那我要走啦。」他才如夢初醒地從座位上跳了起來。

程喬恩緊咬著嘴脣，不安的感覺繼續在他心頭縈繞。他聽見金在絢的聲音在對他說話，但是他的耳朵像是被什麼東西遮蔽了，所有的聲音都成了模糊的一團，只有他自己的心跳在他的耳裡迴盪。咚咚、咚咚。他的腳步聲幾乎要和他的心跳產生共振了。咚咚、咚咚。

「——恩。程喬恩！」

一隻大手落在他的肩膀上，使程喬恩不禁尖叫出聲。

金在絢的目光緊盯著他，眉頭緊緊蹙起。「你到底怎麼搞的？你的耳朵被口香糖塞住了嗎？」

「對不起，我……」程喬恩嚥了一口口水。他發現自己難以直視金在絢的雙眼，所以他垂下頭，看著自己腳前的道路。「我在想事情。」

金在絢並沒有放開他的肩膀，他的手越握越緊，使程喬恩的皮肉隱隱作痛起來。

「對，你說這句話很多次了。」他說。「出了什麼事？你整個午休的時候都心不在焉，看起來好像魂都飛了一樣。」

程喬恩猶豫著。他該把謝薇娟對他說的話告訴他嗎？但是他沒有辦法解釋，為什麼那些問題會使他這麼惶恐。金在絢大概也只會取笑他而已，說他少了筆記本就失去了正常思考的能力。

但是——如果他真的打算要和金在絢有任何進展，那麼他一定要面對比這更難解釋的場面。如果他連和金在絢表達自己的恐懼都做不到，那他們還有什麼機會可言？

程喬恩深吸一口氣。「在你跟溫志浩去排隊的時候，謝薇娟問了我幾個問題。」

「謝薇娟？」金在絢的眉毛高高聳起，好像對程喬恩說出的話感到疑惑不已。「她和你胡說八道什麼了？」

「她問我……我有沒有對班上哪個女孩子有興趣。」程喬恩回答。

出於某些原因，說出這句話，使程喬恩的臉頰一陣灼燙。天啊，為什麼這句話聽起來這麼荒唐？

「什麼？」

金在絢的表情以奇怪的方式扭曲了一下。那只是一個很短的瞬間，程喬恩甚至懷疑，如果他在那時候眨了一下眼睛，他就會錯過了。但是他沒有。

「怎麼了？」程喬恩說。

「沒什麼。」金在絢回答。他的表情已經恢復正常，一抹譏諷的微笑出現在他嘴邊。「我是說，她幹麼在乎這個？她想說什麼？」

程喬恩搖搖頭。

「我不知道。」他頓了頓，然後有點艱難地開口：「我在想……她是不是喜歡我？」

「謝薇娟？喜歡你？」金在絢重複了一次。接著他放聲大笑起來。他居然當著程喬恩的面笑得臉色發紅，上氣不接下氣。「噢，天啊。你是認真的嗎，程喬恩？」

「怎樣？」

不知道為什麼，程喬恩突然感到有點生氣。這有什麼好笑的？難道……難道金在絢覺得他不值得謝薇娟喜歡嗎？還是他覺得他自我感覺良好？程喬恩惱怒地瞪視著金在絢的臉，直到他的笑聲逐漸平息。

「我不知道這有什麼好笑的。」程喬恩說。「如果你想知道的話，這讓我很困擾。」

「不，我不是那個意思。我只是……」金在絢深吸一口氣，再緩緩吐出。「她沒有喜歡你，程喬恩。這點你可以完全放心。你不是她的菜——真要說的話，她大概比較像是把你當成寵物吧。」

他抓著程喬恩的那隻手鬆開了，再度落回身側。沉甸甸的重量突然從程喬恩肩頭挪開，他的身體，立刻產生了一股近似於渴望的感受。

能和金在絢這樣說話，令他覺得好多了。但是他總覺得哪裡不太對勁。他不確定是金在絢的表情，還是金在絢的肢體動作，或者是金在絢說出來的話——他總覺得金在絢整個人都處於一種很焦躁的狀態，好像他隨時都在準備做點什麼一樣。就連平時尖銳的語調，在此時都顯得有點刻意。這是程喬恩多心了？還是他們之間真的有什麼事情變得奇怪了？

「金在絢。」程喬恩脫口而出。「發生什麼事了？」

金在絢發出了一聲混濁的咕噥聲。

「嗯？」他看起來無比煩躁，把雙手插進了口袋裡。「你是什麼意思？」

「你……和平常不太一樣。」程喬恩小心翼翼地說。

說實話，現在的金在絢讓他感到有點害怕——又多給了他一個感到驚慌的理由。他從來沒有看過金在絢在他面前這個樣子，而他不確定自己要怎麼說話，才不會激起金在絢錯誤的反應。

為什麼？為什麼才兩天而已，他們之間就變成這樣了呢？

一股無力感從程喬恩的心底湧起。他發誓他真的沒打算這樣的，但是他的眼眶卻無法克制地一陣刺痛。他轉開視線，不再看著金在絢臉上那種陌生的、拒他於千里之外的表情。

他聽見金在絢挫敗地嘆了一口氣。

「靠。」他低聲說道。「別這樣，喬恩。沒什麼，真的。」他頓了頓。「只是……發生了一點事。但是過幾天就好了。」

「什麼事？」

「天啊，你真的很喜歡問問題。」金在絢翻了一個白眼。「我保證，真的不是什麼大事。」

「你和薇娟都變得很奇怪。」程喬恩低聲說。「是十一年級出了什麼事嗎？有人……過世了嗎？」

如果是這樣的話，他或許就能理解為什麼謝薇娟和金在絢都表現得很不像他們自己——

「別再問了，程喬恩。」金在絢的聲音很強硬，語氣十分決絕。「這不是你該擔心的事。過幾天，再過幾天，一切就會恢復正常了。」

「可是……」

程喬恩還想要繼續說下去，但是金在絢的嘴脣緊抿成一條線，眼神也變得黑暗。程喬恩硬生生地把到了嘴邊的話吞了回去。他的心底湧起一股充滿了矛盾的感受：他好想要靠近金在絢，想得幾乎要落淚。但是正因為他做不到，他又無比痛恨此時的每一分、每一秒。

此刻，他突然覺得自己一點都不想要待在金在絢身邊。他只想要找一個沒有人的地方，把自己藏起來。也許他可以睡長長的一覺。等他醒來時，所有的事情就會恢復正常。他和金在絢之間那道無形的牆就會消失，而他們可以回到像上星期天那樣，如此親密、對彼此如此坦誠。

而事實證明，他應該要這麼做的。

＊

來到西班牙文教室外的走廊上時，狹窄的空間已經被等著上課的學生們所占據。但是有一些事情不太對勁。

一開始，程喬恩還無法指明是哪些事出錯了。走廊上一如往常地嘈雜，同學們三三兩兩聚集在一起，就像永遠釋放不完活力的年輕動物們。對他們來說，等待好像是人生中最困難的事情。程喬恩只是覺得，空氣中彷彿瀰漫著一股電流，他幾乎可以聽見它嗡嗡作響的聲音。

然後，程喬恩突然就發現了。

好多雙眼睛往程喬恩和金在絢的方向看了過來。不只是一兩個人，也不是那種投向路人、無差別的目光。幾乎所有的人，他們的頭都轉向了程喬恩和金在絢的方向。他們的視線來回打量著兩人，好像想要從他們身上找到一點什麼。這種赤裸裸的目光，使程喬恩的腸胃一陣翻攪。他差點就要停下腳步，轉身拔腿就跑。

在他身邊的金在絢，低聲地說了一句：「媽的。」

程喬恩看向距離他們最近的其中一群人。一個女孩拿著手機，正在向身邊圍繞的另外三個人展示螢幕上的東西。當她接觸到程喬恩的目光時，她便露出了微笑。

但是不知道為什麼，她的微笑卻使程喬恩感到不寒而慄。

「程喬恩。」她的聲音很甜，使程喬恩的後頸一陣發麻。

程喬恩記得她，她叫做蘇曼筠，上西班牙文時總是坐在教室第一排的最後一個位置。她身邊總是有幾個打扮得花枝招展的女孩，而她們也是程喬恩的班級中，少數會在臉上化全妝的人。

「你們剛才在約會嗎？」

什麼？

程喬恩甚至不知道自己聽見了什麼。他只是呆滯地望著蘇曼筠，腦中還在處理那句話的意義。約會？她是什麼意思？

但是在他來得及做出反應之前，金在絢就先開口了。

「閉嘴，蘇曼筠。」他低吼。

他的聲音粗暴而惡毒——即便是在蕭愷帆面前，他也沒有聽過金在絢用這種口氣說話。

程喬恩震驚地轉頭望向他。

「噢，不。我錯了。」

蘇曼筠的微笑擴大。

「你們當然不是約會，對吧？」她的視線轉向金在絢，歪了歪頭，故作天真地說。「因為一直以來，都只是程喬恩的一廂情願。」

在程喬恩眼中，好幾種不同的情緒接連從金在絢的臉上閃過：錯愕、憤怒、驚慌——但是這些都不是問題。真正讓程喬恩突然覺得全身的血液都凝固的，是那種好像認出了什麼的表情。

「在絢，她在說什麼？」程喬恩說。

他幾乎聽不見自己的聲音，他的喉嚨緊縮得使他都痛了。

「蘇曼筠，如果妳再說一句話。」金在絢咬著牙，往蘇曼筠的方向踏出一步。「我會直接把妳打到牙齒都飛到天花板上去。」

「你為什麼不問他，程喬恩？」蘇曼筠像是沒有聽到金在絢的話，繼續對著程喬恩說道。「他從來沒有把你放在眼裡。他說你們只是朋友——」

在蘇曼筠後方，某個角落裡的學生發出了扇風點火的喊叫聲。然後有人跟著笑了起來。要不了幾秒鐘，一陣笑聲就將程喬恩和金在絢包圍了起來。

「——可憐的程喬恩，這裡是同性戀的人只有你而已。」蘇曼筠輕巧地說。

「他從來就沒有喜歡過你。」
程喬恩不知道自己現在是誰，也不知道他身處何處。
他的大腦彷彿突然失去對眼睛的控制，他只能定定地看著金在絢，看著他的臉色漲得越來越紅。金在絢整個人以肉眼可見的幅度顫抖著，一把抓住了蘇曼筠的手臂。
「妳在說什麼屁話？」金在絢的聲音像是從牙縫中擠出來的，又尖又細。
「我說錯了嗎？」蘇曼筠抬眼望向金在絢的臉。「你說你不知道程喬恩喜歡你。你說你只是把他當成朋友而已啊。」
程喬恩感覺不到自己的雙手和雙腳。他也不知道該怎麼形容金在絢現在的表情。他的大腦有點喪失了語言的能力。他只覺得，如果現在不是在學校的走廊上，金在絢或許會把蘇曼筠的手臂直接扭斷。
金在絢的下顎移動了一下，然後又一下。
程喬恩等著他開口。等著他反駁。
但是一秒過去，接著又一秒過去。金在絢一句話也沒有說。
「金在絢，你弄痛我了。」蘇曼筠說。
彷彿是有另一個力量在操控著程喬恩的身體。他的腿好像屬於另外一個人，而此刻，那個人正在程喬恩的耳裡尖叫：跑，快跑。
於是程喬恩轉過身，往走廊的另一個方向飛奔而去。

*

當程喬恩回過神來時，他發現自己正跪在廁所黏膩溼滑的地板上，抓著馬桶的邊緣。他的腸胃不斷翻滾、攪動，而他無法壓抑自己的身體，把一切不屬於他的東西都傾倒出來的衝動。

胃酸侵蝕著他的喉嚨，他的眼睛被嘔吐物，還有廁所中各種排泄物的惡臭熏得無法睜開，而他無法阻止自己發出令他感到無地自容的嗚咽聲。

但是那一切都不重要。什麼都不重要。

程喬恩的喉嚨像是灼傷般疼痛，他的腹部也絞痛著。當他已經吐到什麼也吐不出來，就連帶著苦味的膽汁也沒有了的時候，他終於鬆開手，疲軟地往瓷磚地上倒去。

所有的一切都好痛。他的喉嚨，他的肚子——還有他的胸口。就像有一隻巨大的手緊緊掐著他的肋骨，使他沒有辦法呼吸。

剛才……究竟發生了什麼事？

他的腦子還沒有辦法處理那一切。現在，他只能先想辦法讓空氣進入肺部。

彷彿從很遙遠的地方，傳來了一聲東西摔倒的巨響。接著是一串模糊的腳步聲。程喬恩的聽覺似乎沒有辦法為他提供正確的判斷，因為前一刻，他還覺得那是來自另一個世界的聲響，下一刻，卻有一雙強而有力的手抓住他的手臂，將他從地上拉了起來。

「你想把自己弄死嗎？程喬恩。」

金在絢的聲音在他的耳邊忽大忽小。

金在絢。

這個名字突然讓程喬恩覺得好陌生。

他是誰？

不知道為什麼，程喬恩覺得幾天前輕柔地吻他、擁抱他的那個人，和眼前這個臉色鐵青、眼神冷冽的男孩，根本就是兩個不同的人。

程喬恩沒有辦法控制自己的身體移動，但是金在絢代替他控制了。他略顯粗暴地把程喬恩往洗手臺的方向拉過去，扭開水龍頭，然後抽出幾張擦手紙巾，開始替程喬恩清潔他的面孔。紙巾粗糙的表面刺痛了程喬恩的嘴脣，冰涼的水滴流進程喬恩的衣領，使他渾身一顫。

慢慢地，程喬恩胸口那股緊縮的感覺開始放鬆。氧氣進入他的肺部，他痠疼的胸腔被迫撐開。程喬恩顫抖地倒抽一口氣，大口喘息起來。不知為何，地心引力對他來說好像有點太過沉重了，程喬恩的膝蓋幾乎就要宣告投降。他用雙手撐著洗手臺的邊緣，試著穩住自己的身軀。

金在絢的手將一張沾溼的紙巾塞到他面前。

「把臉擦一擦吧。」金在絢低聲說。

程喬恩用紙巾抹過雙眼。他有點太用力地擦過自己的鼻子和下巴，然後把紙扔進了一旁的垃圾桶裡。

透過布滿水漬的鏡子，程喬恩可以看見，金在絢就站在他身後不遠處。金在絢朝他走來，伸手搭上他的肩。

一股反胃感再度襲來，而程喬恩突然沒有辦法忍受了。幾天前，甚至幾分鐘前，他都還無比渴望著金在絢的碰觸，但是現在，就連看著金在絢的臉，都讓程喬恩感到一股無比的痛苦。

「不要。」程喬恩轉身，將金在絢的手揮開，但他的動作比他想像得更大。「別碰我。」

金在絢像是被什麼東西燙到一樣，向後退開一步。他把手插進口袋裡，抬起下巴。

「好吧。」他以平靜得不適合這個情境的語氣說道。「聽著，程喬恩。事情不是你想的那樣。」

程喬恩不太知道他所謂的「他想的那樣」是什麼意思。他覺得程喬恩對剛才的事情有什麼解讀？程喬恩又該有什麼解讀？

程喬恩幾乎沒有辦法直視金在絢的臉。他的左邊胸口、心臟的位置，就像有人打了一個結，而且正在把結收得更緊。程喬恩沒有辦法在不顫抖的狀況下呼吸。

程喬恩有太多個問題想問了，他甚至不知道該從何開始。最後，他只是輕輕地吐出一句：「你早就知道了嗎？」

「知道什麼？」金在絢說。「知道你喜歡我的事，還是有人把你的筆記本內容傳出去了？」

這句話讓程喬恩一陣瑟縮。這件事情是程喬恩心中一塊剛形成的傷口，而金在絢如此粗暴的言詞，好像他一點都不在乎程喬恩正在經歷的一切。程喬恩的鼻尖再度產生一股酸澀的感覺。不，程喬恩咬住自己的口腔內側，拒絕在此刻落淚。

而這個問題，他實在也不需要答案。金在絢的反應已經夠明顯了。他早就知道了——兩者都是。而且不只是這樣；看來所有人都已經知道。程喬恩突然間理解，為什麼金在絢和謝薇娟的行為都如此反常。因為他們都已經知道這件事了。謝薇娟至少還試著要和程喬恩討論這件事，至少她還試著要關心程喬恩的狀況。

而金在絢呢？這又是完全不同的另一個故事了。

根據剛才蘇曼筠所說的話，金在絢不僅知情，而且他還否認了他們兩人之間的關係。程喬恩意識到，這才是真正讓他感到無比痛苦的地方。

程喬恩嚥了嚥口水，將喉頭升起的腫塊硬是吞了回去。「她剛才說的是真的嗎？」他輕聲說。「你說我們什麼都不是？」

金在絢哼笑一聲，翻了一個白眼。「嗯，看來你寧可相信其他任何人，也不願相信我。那我還有什麼好說的？」他的嘴角向上揚起，露出一個在程喬恩眼中只能叫做嘲諷的微笑。

「你想要我相信什麼？」程喬恩咬緊牙關。他努力想要抵抗眼淚湧出的衝動，但是他覺得自己快要失敗了。「當她那麼說的時候，你可以反駁的。」

是的。如果只是其他人的惡意編造，程喬恩或許還能承受，只要金在絢能和他站在同一陣線、陪他一起反抗其他人的惡行——他就是那種老掉牙的故事，他喜歡「他們兩人一起對抗全世界」的這個概念。

但是金在絢沒有。他甚至沒有阻止對方繼續說下去。他讓蘇曼筠把她的惡意任意傾倒在程喬恩身上，自己卻撇得一乾二淨。

這也代表了一點什麼，對吧？

在程喬恩眼前，金在絢的臉色緩緩漲紅，他的表情變得陰沉。

「那會帶來什麼改變？」金在絢冷冷地說。「他們已經開始在背後胡說八道了。我說的話對這整件事能有什麼影響？」

「可能不能吧。」程喬恩低聲說。「但是對我會有影響。這不重要嗎？」

「閉嘴，程喬恩。」金在絢說。

但是程喬恩沒有辦法閉嘴。一股強烈的情緒在他的身體裡翻滾，威脅著要湧出來。程喬恩覺得如果他再不把該說的話說出口，他就要爆炸了。過去的程喬恩或許會把這一切吞回去，然後將所有的事情填入筆記本裡：他會瘋狂地寫個幾頁、十幾頁，讓這件事成為筆墨與紙張的形式，儲存在他的床底下。但是現在，他再也做不到了。

「所以你在學校才一直都和我保持距離嗎？」程喬恩問。「你拒絕和我有肢體接觸，你不想承認你和我有關係。因為你覺得……身為同性戀，丟臉嗎？我……讓你丟臉嗎？」

說出這句話後，程喬恩體內好像有個開關被打開了。他的眼前一片模糊，金在絢的面孔成為了一團混亂的色彩。淚水沿著他的鼻梁和臉頰滑下，流進他的嘴唇裡，從他的下巴滴落。

他聽見金在絢發出一聲低吼。

「這到底為什麼這麼重要？」金在絢往前踏出一步，緊緊抓住程喬恩的肩膀。

他的力道大得使程喬恩忍不住瑟縮。

金在絢氣急敗壞地壓低聲音喊道：「你知道我不是那個意思，不是嗎？那別人要怎麼說，對你有什麼差別？對我們有什麼差別？」

程喬恩無法控制自己無聲的淚水逐漸變成啜泣。他撇開頭，拒絕對上金在絢的視線。說實話，他有點感謝金在絢這麼用力地抓著他。這一點痛覺，是使程喬恩的理智沒有完全消失的唯一牽引。

「這句話也可以拿來問你，對不對？」程喬恩在啜泣之間，勉強回答。「你為什麼……那麼在意別人要說什麼？」

金在絢閉上眼睛，垂下頭。過了很久很久，他都沒有一句話。最後，他抓著程喬恩的手緩緩鬆開了。

「這沒這麼簡單，好嗎？」金在絢低聲說。「我不是——我只是——」

這是程喬恩第一次看見金在絢無話可說的樣子。如果換作其他場合，程喬恩或許甚至會為他感到難過。但此刻，他不確定他是不是該感到一點病態的滿足，因為他能讓平常伶牙俐齒的金在絢一句話也說不出來。

程喬恩抬起一隻手，把臉頰上的淚水抹去。

「但是，金在絢，這就是這麼簡單。」程喬恩低語。

金在絢緩緩抬起頭，看向程喬恩。

「所以你要我怎麼樣？」金在絢說。「在學校裡舉著彩虹旗，昭告天下說我是同性戀嗎？」

「不。」

出於某些原因，程喬恩突然覺得一股怒火從他的心底開始燃燒。那叢火焰來得又快又猛，一時之間，程喬恩所有的情緒都被它吞噬殆盡。它的所到之處，都只剩下一個存在：純然的、強烈的憤怒。

他的淚水同樣也被那把火給燒乾了。

「我只是希望你在別人問起時，能坦白承認你對我的感覺。至少在我面前的時候。」程喬恩抬起眼，來回打量著金在絢的面孔。「這樣的要求太困難了嗎？」

金在絢低哼了一聲，撇開視線。

「你讓我很快樂，在絢。」程喬恩深吸一口氣。

他的聲音有些沙啞，但是他知道，現在他不會再哭了。

「如果你有看見我的筆記內容——那你就知道了。」他忍不住輕笑一聲。天啊，現在回想起他在筆記裡寫過的那些東西，就連他自己都覺得丟臉。「但如果你覺得這一切都比不上你的自尊心，那我尊重你的選擇。只是我沒辦法再繼續這樣下去了。」

聽見他這麼說，金在絢的雙眼倏地轉向程喬恩。「程喬恩，你——」

「應該已經上課很久了。」程喬恩轉過身，面向洗手臺。「你該回去上課了。」

金在絢的視線與程喬恩在鏡中交會。「你要幹什麼？」他聽起來充滿了警戒。

「我要把臉洗乾淨。」程喬恩把水龍頭扭開到最大。「別擔心，我不會做出傷害自己的事的。」

因為你不值得。程喬恩咬住自己的舌頭，把這句話吞了回去。儘管他現在對金在絢感到憤怒不已，他還是無法對他說出這種話。

程喬恩低下頭，把清涼的水潑在自己的臉和額頭上。冰冷的水珠順著他的脖子流下，使他起了一陣雞皮疙瘩。

在吵雜的水流聲中，程喬恩聽見廁所的門打開又關上的聲音。

程喬恩捧起水，把臉埋進手掌中。

明日，
陽光
依然絢爛

第十四章　粉碎

程喬恩幾乎已經忘記自己一個人吃午餐是什麼感覺了。想到這一點，他就不禁失笑。要習慣一件事情，真的不需要花太久的時間；但是要戒斷一件事，那個過程中所產生的撕裂與痛楚，卻幾乎讓人難以忍受。

前一天晚上，程喬恩把自己埋在棉被和枕頭之間，好好地大哭了一場。媽媽在房門外詢問他發生了什麼事，但是程喬恩假裝沒有聽見。

他的初戀才剛開始就結束了。不，他們甚至稱不上是開始。他們的關係才剛產生了一點希望，程喬恩才剛開始對感情產生一點期待，他們就結束了。

是金在絢親手摘去了那朵剛從泥濘裡冒出的嫩芽。而沒有任何一種提醒，會比來自他喜歡的男孩的一巴掌，能更快令程喬恩清醒過來。

也許他終究不該試著讓自己與他人產生更多連結；如果他只是像之前一樣住在屬於自己的小世界裡，也許他現在就不會這麼悲慘了。金在絢把他拉入了屬於他的世界，又將他一腳踢出來。程喬恩不後悔自己曾經相信他，但他為過去幾天活在那種粉紅色泡泡裡的自己感到哀傷。

泡泡終究會破滅的。

隔天早上，當程喬恩從睡眠中轉醒時，他的眼睛腫脹得使他幾乎撐不開眼皮。他在浴室裡洗了好久的臉，直到他大腦中的迷霧終於比較消散為止。

他應該要吃早餐的，但是程喬恩一點胃口也沒有。面對媽媽擔心的眼神，程喬恩沒有心思裝出自己沒事的樣子。但是他也不想和她解釋。

「我會沒事的，媽。」他迴避著她的視線，拿起他的水壺，胡亂塞進背包裡。「我只是需要幾天時間。然後我就會好了。」

隨後，他便垂著頭，離開了家門。

早上的課程時間，對程喬恩來說只是一團模糊混亂的記憶。他幾乎不記得自己在教室之間移動，一部分的原因，是他不想要記得那些知情的同學在走廊上對他的訕笑。程喬恩不得不對大腦的自我防衛機制感到讚嘆：當他沒有能力捍衛自己時，它所築起的那道保護牆，比過去任何時候都還要高聳。於是程喬恩把自己的意識深深藏起，隔絕所有人對他投來嘲弄或好奇的眼神。

他再度讓自己躲在只屬於他、只有他的小世界中，將所有的聲音隔絕在外，使它們都成為一片鬧哄哄的背景雜音。沒有東西能接近他，所以這樣就沒有東西可以傷害他。

他身處在無數的學生之間，但是他覺得他好像是這世界上唯一的一個人。

午休時間，程喬恩與其他同學們魚貫地離開教室，前往學生餐廳。

「嘿，程喬恩！」他聽見一個男孩朝他的方向喊來。

然後是另一個人的聲音。

「來個吻吧？」那人譏諷地咯咯笑著。「我相信我的吻技應該不會比金在絢差？」

「你有吸過他的老二嗎？」又一個聲音對他喊道。「爽嗎？」

程喬恩沒有回頭去看是什麼人在對他說這些話。他不想讓那些人心滿意足地發現，他聽見他們的話了。金在絢的名字刺痛著程喬恩的耳膜，但是他拒絕給對方任何回應。

程喬恩悶頭走進學生餐廳的大門。他低垂著腦袋，用長長的捲髮遮住自己的臉頰。他不想讓金在絢，或是任何一個曾經的朋友看見他。想必金在絢一定已經讓他們知道他和程喬恩之間的爭吵了，那麼程喬恩就省去了面對朋友們質問和關切的麻煩。

不過，程喬恩最不想見到的當然是金在絢。他並不是討厭他了，不。只是現在，每當想起金在絢的臉，程喬恩就會一併想起昨天金在絢冷酷的模樣，以及當他被問到最關鍵的那個問題時，他選擇沉默的樣子。

而這讓程喬恩太痛了。那是一種生理上的痛，像一隻爪子緊緊攫住程喬恩的心臟，讓他覺得好像就連血液都要停止流動。程喬恩在某本書上讀過這樣一句話：「當你愛上一個人，你就是給了他傷害你的權力。」現在，程喬恩正在用自己的身體體驗這句話的本質。

今天在學生餐廳，程喬恩沒有什麼好猶豫的。他只需要找到一個位於角落的空位，讓他能吃完午餐——隨便吃點什麼都行，以免他在下午的課堂上因為血糖過低而暈倒——這樣就好。這個願望渺小得甚至不該稱之為願望。

程喬恩沒有特意尋找周以樂。他已經很久沒有在學校裡見到他了，自從上次在教學大樓前尷尬的對話後，周以樂就像是從他的人生中消失了一樣。而程喬恩暫時也不想面對他對周以樂的愧疚感。他同一時間能承受的情緒只有一種，而此刻，他的心碎勝過了一切。

程喬恩來到餐廳靠近窗邊的一張桌子旁。那張桌子旁只有坐著一個戴著耳機和厚重眼鏡的女孩，正在桌邊看著一本書。

「我可以坐在這裡嗎？」程喬恩問。

女孩頭也不抬，好像根本沒有聽見他的問句。程喬恩把這視為默許了。事實上，他的心底湧起一股對女孩的感激。他寧可此刻被所有的學生當成透明人，也好過成為每個人嘲弄和羞辱的對象。

程喬恩放下背包，回頭去觀望排隊的人數。趁現在人潮還沒有變得太長，也許他快點去排隊，更容易避免成為別人目光的焦點。或者，他今天應該要自己帶午餐來的。這樣一來，他就可以躲在校園的其他角落進食，遠離學生餐廳的大量人群。

他真的應該要這樣做的。

因為程喬恩甚至還來不及離開那張桌子，他的去路就被人阻斷了。

「好久不見了，程喬恩。」一個戲謔的聲音對他說道。

程喬恩不用抬頭，也知道那是蕭愷帆的聲音。他的心一沉，背脊一涼。

「我不想惹麻煩，蕭愷帆。」程喬恩低聲說。

他試著從許宣豪的身邊鑽過，但是許宣豪並不想讓他如願。他伸出一隻腳，擋在程喬恩面前。「噢，別這麼急著走啊，小女孩。」他竊笑著說。

「我們沒有人喜歡惹麻煩。」蕭愷帆說。「但是大家都是這麼說的，『麻煩會自己找上你』，對吧？」

程喬恩閉上眼睛，深吸一口氣。然後他看向蕭愷帆。

「你想要做什麼？」

「我還以為你永遠不會問呢。」蕭愷帆的臉上掛著微笑。他舉起垂在身側的一隻手。「你認得這個東西嗎？」

當程喬恩的雙眼認出他手中的東西時，他突然覺得渾身的血液往他的腦子衝去，然後又一口氣全部抽乾了。他一陣暈眩，膝蓋差點宣告放棄努力。他伸出一隻手，扶著身旁的桌面，張開嘴，卻一個字也說不出來。

握在蕭愷帆手中的，是他的筆記本。或者說，是他筆記本的一部分。

那張受過百般蹂躪的封面，已經皺得幾乎不像一張紙，但是程喬恩一眼就可以認出上面寫著他的名字。封面後方，則是幾張已經從筆記本的裝訂分離，散亂地擺在一起的筆記紙。

他的筆記本是蕭愷帆偷走的。他早該知道了。他怎麼就這麼笨呢？

突然之間，一切好像都可以串聯起來了。蕭愷帆偷走了他的筆記本，把裡頭的內容散布出去，當他和金在絢不可避免地起了衝突之後，程喬恩就會落單了。這樣蕭愷帆就可以更輕易地來傷害他，因為現在再也沒有人可以出面來保護他了。

蕭愷帆想盡辦法孤立了程喬恩。可是他為什麼要這麼做？他為什麼就非得咬著程喬恩不放？

「你偷了我的筆記本。」程喬恩低聲說。

他的心跳速度不知是變得太快還是太慢，程喬恩只覺得他的視線邊緣開始泛白。他緊盯著蕭愷帆的手，心中想要撲上去搶回自己東西的慾望蠢蠢欲動。

「我？不，不。」蕭愷帆搖了搖頭。「我從來不做偷東西這種下流的事。但如果你好奇是誰幹的，我倒是不介意告訴你答案。」他微微傾身，湊向程喬恩的臉，一字一句慢慢地說：「是你的好朋友，周以樂幫我的大忙。」

程喬恩的一隻手緊握成拳頭。

「你說謊。」他顫抖地說。「周以樂他才不會——」

「你可以晚一點去找他問清楚。啊，不過。」蕭愷帆說。「你是不是很久沒有看到他了？周以樂那個小白痴，早就被你拋到腦後去了，不是嗎？」

蕭愷帆的臉色一沉，語氣突然變得極端惡毒。他說的每一個字，都像夾帶著毒液，使程喬恩就連聽見，都覺得自己心中有一小塊的部分正在死去。

「就在你開始和金在絢約會之後。」

程喬恩渾身發起抖來。蕭愷帆的這句話聽起來太讓人不安了，這後面隱藏的意思，使程喬恩的腳趾都開始發冷。

「你對周以樂做了什麼？」

「可憐的小以樂。」蕭愷帆搖著頭，惋惜地說。「他偷了你的筆記本，想要來換取我們對他的好感。可惜這對我們來說沒有什麼效果——他還是個白痴，就像你也就是個他媽的娘炮。」

程喬恩的身體就像是脫離了他的掌握，產生了另外一個意志。在他來得及再度思考自己的決定之前，程喬恩就往蕭愷帆的身上撲了過去。

他不知道他是想要搶回自己筆記本可憐的殘骸，還是想要蕭愷帆為他對周以樂所做的事付出代價；或者，他只是受夠了蕭愷帆那種把自己的快樂建築在他人的痛苦之上的態度。他伸出手，往蕭愷帆的臉上抓去，想要撕破他那張太過惡毒的嘴——

「死同性戀。」

蕭愷帆抬起一隻手臂，重重一揮。程喬恩只覺得鼻梁一陣劇痛，然後他的視力就暫時消失了。他腳下的餐廳地板彷彿在往另一個方向移動，而程喬恩的身體跟不上它的速度。他覺得地心引力好像有那麼一瞬間失去了存在，他整個人像是往半空中浮起，好像就要朝天花板飛去。

程喬恩的左肩砸在堅硬的瓷磚上，他的腦袋側邊撞上了地面，向上彈起。劇烈的疼痛刺激著他的大腦，使程喬恩再度恢復了神智。當程喬恩的視線恢復時，他有一瞬間看不懂自己現在所在的位置。

然後他才意會過來，那些在他眼前不斷上下移動的東西，是人們打橫的雙腿。不，不是那些人變成水平的了。是因為程喬恩倒在地上。

他的頭好暈，學餐冰冷而黏膩的地面貼著他的臉頰，一股酸臭的氣味竄進他的鼻孔，使淚水從他的眼眶溢出。他的手腳無比沉重，他往一旁的地上伸出手，想要撐著地面爬起來，但是他的四肢不聽使喚，連他自身的體重彷彿都無法負擔。

「你以為你要去哪裡啊？」一個聲音從好像很遙遠的地方傳來。

接著，一個東西砸進程喬恩的腹部，幾乎將他整個人從地上抬了起來。他再度重摔回地面，這次是他的脊椎撞上了某個堅硬的東西。程喬恩聽見一聲尖叫。過了漫長的一瞬間後，他受傷的大腦才告訴他，那是他自己的叫聲。

「從我第一次見到你，我就他媽的看出來了。」蕭愷帆的聲音從很高很高的地方，像落石般砸在他身上。

不。不是。像落石般砸在他身上的東西，是某個人的腳。

「你這噁心的同性戀。」蕭愷帆的話語彷彿帶著某種節奏感，跟著他的動作，一下又一下地打在程喬恩的頭部、腹部和胯下。「你這他媽的娘炮。」

程喬恩幾乎只剩下最本能的反應。他弓起身子，夾緊雙腿，試圖保護自己身上最柔軟的部位。他的大腦一片混沌，而他只想得到兩件事：他好痛。還有，為什麼？

他究竟對蕭愷帆做了什麼，對方會如此痛恨他？

「光是想到和你呼吸同一種空氣，我就覺得噁心。」

蕭愷帆蹲下身，一把抓起程喬恩的衣領。程喬恩的腦袋無法控制地向後仰去，他的脖子好像失去了支撐頭部的力量。他的眼前一片模糊，視線邊緣被黑暗所圍繞，只剩下前方狹窄的範圍。

「當同性戀好玩嗎，程喬恩？」

一個東西重擊程喬恩的臉頰，使他的右臉暫時陷入麻痺。接著，他的臉頰就像被火燒似地痛了起來。

程喬恩只能眨著眼睛，看著眼前的人。一切都變得好遙遠，就連這一下又一下的毆打，都像是發生在別人身上似的。剛才那一陣陣令他無法呼吸的疼痛感突然消失了，現在的程喬恩，只覺得昏昏欲睡。

他要死了，一個模糊的念頭竄進他的腦子裡。蕭愷帆會把他活活打死。

程喬恩什麼也不能做。什麼也不想做。他只想要讓視線外圍逐漸蔓延的黑暗將他包裹，直到他失去所有的感覺為止。

蕭愷帆沉甸甸的重量好像從他身上離開了。程喬恩感到一陣輕盈；他的四肢都像是由棉花組成，癱軟在身側，好像失去了原本該有的分量。

然後他聽見有人怒吼了一聲。

他再度撞上一個堅硬的東西，接著，就像燈光熄滅一樣，程喬恩什麼也看不見了。

＊

金在絢一腳踢中蕭愷帆的腰側，將他從程喬恩的身上踹了下來。

蕭愷帆那張醜陋的臉，因為憤怒而扭曲。金在絢只想要把他的頭從脖子上扭下來。

「同性戀？」金在絢吼道。「同性戀又怎麼樣？」

他的拳頭擊中了蕭愷帆的顴骨。一股刺痛從金在絢的指關節傳來，但是那只是更加刺激了金在絢的怒火。

「我，也是，他媽的，同性戀。」隨著每一個詞彙，金在絢的拳頭輪番打在蕭愷帆的臉上。「你也要揍我嗎？啊？」

除了蕭愷帆的臉之外，金在絢什麼也看不見。所有的思緒好像都從他的腦中消失了，此刻他有一個目標，也只有一個目標：打爛蕭愷帆這張亂說話的嘴。打到他這輩子再也說不出一個字來。

當金在絢聽見餐廳的另一端產生騷動時，他的身體就已經產生反應了。而他不喜歡自己的反應。

但是他知道蕭愷帆要對程喬恩做什麼。他們成功孤立了他，而金在絢該死地中了他們的陷阱。

他媽的。

金在絢痛恨蕭愷帆，更痛恨他們算計了他和程喬恩。當他聽見蕭愷帆和他那群混蛋朋友包圍了程喬恩時，他體驗到了他短短十七年人生中最強烈的一股怒火。

在溫志浩和謝薇娟的叫喊聲中，金在絢幾乎是用撞的趕開了好奇圍觀的學生。他看見程喬恩滿臉是血，渾身癱軟地倒在地上，就像被人拋棄的破玩偶。就連一旁的地面也有著斑斑血跡，程喬恩的鼻孔和嘴角，還不斷有血珠滾落到瓷磚上。

金在絢的大腦突然發出嗡的一聲巨響。他渾身麻痺了短暫的一瞬間，僵在原地動彈不得。他的手腳冰冷，好像所有的生命力都從他的體內流失。

程喬恩。他的耳朵裡有一個聲音在嘶吼。程喬恩。

他死了嗎？

蕭愷帆把他打死了。

接著，便有一股無形的力量推動著他的身體，好像它自然就知道要怎麼做了。

在他的理智棄他而去時，金在絢只剩下一個念頭：他恨蕭愷帆，也恨他自己。

這全都是他的錯。

這全都是因為他的膽小、他的猶豫不決，還有他該死的自尊心。

就因為他愚蠢的幻想，認為只要等到風波過去，他和程喬恩就可以保有他們原本的相處方式，還可以把一切都當成一個祕密來保守——就因為他的懦弱，導致程喬恩現在失去意識地倒在桌子底下。

天啊。他究竟幹了什麼好事？

如果……如果程喬恩——金在絢知道，他會永遠沒有辦法原諒他自己。

而現在，當他一拳又一拳砸在蕭愷帆的臉上時，他只想要把蕭愷帆身上所有的呼吸都奪走。他讓程喬恩身上流了多少血，他就要叫蕭愷帆加倍奉還。

「我就他媽的喜歡程喬恩。怎麼樣？」金在絢聽見自己的聲音吼道。「揍我啊？起來揍我啊？」

蕭愷帆的血從鼻子裡噴了出來，濺在金在絢臉上，但是這只為金在絢帶來了一種奇異的滿足感。

他抓住蕭愷帆的下顎，把他的頭狠狠往瓷磚上砸去。

「你要叫我什麼？」他問，雖然他知道蕭愷帆不可能回答他。「死同性戀？娘炮？那你算什麼？」金在絢抓起他的臉，再度往地上推。「被娘炮打死的人渣嗎？」

如果不是有人衝了上來，架住他的肩膀，金在絢發誓，他會讓蕭愷帆再也睜不開眼睛。他下意識地想要揮開抓住他的人，沒有人可以阻止他殺死蕭愷帆，如果程喬恩他……

「金在絢！」溫志浩的聲音在他耳邊炸開，刺痛他的耳膜。「夠了，夠了！再打下去會出事了。」

溫志浩的力氣很大，將金在絢從蕭愷帆身上扯了下來。金在絢跌跌撞撞地向後退去，唯一阻止他向後摔得四腳朝天的，只有溫志浩的支撐。

「出事？你看到程喬恩了嗎？」他回過頭，對著溫志浩嘶吼。「他這樣算是出事嗎？」

「你這樣解決不了問題。」溫志浩緊緊扣著他的手臂，阻止金在絢試圖揮拳的動作。「你只會製造更多問題而已。」

「我？」金在絢對他齜牙咧嘴。「你是站在哪一邊的，溫志浩？」

溫志浩的眼神像是兩把火焰，直直燃燒著他的雙眼。

「我們有更好的方式可以解決這件事，金在絢。」

金在絢的眼角餘光瞥見許宣豪和黃捷在蕭愷帆身邊，試著把他從地上扶起來。金在絢只想要讓他躺平在地上。但是溫志浩的手臂強壯得該死，使金在絢只能在原地徒勞掙扎。

「蕭愷帆，你為什麼非要這樣不可？」溫志浩轉向蕭愷帆。

溫志浩的語氣中有著一點什麼，讓金在絢覺得渾身不舒服。不，溫志浩不像是在質問他。溫志浩更像是在哀求。

「你不需要這樣，我們都知道——」

聽見溫志浩的聲音，蕭愷帆抬起布滿血痕、紅腫扭曲的臉。他歪著嘴角，往地上吐出一口血。

「看看我們的金童溫志浩。」

他臉上掛著變形的微笑，直直盯著溫志浩。

「所以你現在也站在同性戀那一邊了嗎？」他用手背抹去嘴角流出的血，一字一句地慢慢說道：「還是，小溫志浩現在長大了，終於發現自己愛的也是男生？」

「蕭愷帆，別說了。」溫志浩說。「我們不需要現在說這個。你知道我——」

「搞屁，溫志浩？」金在絢不可置信地瞪大雙眼，轉頭看向他。「你們在說什麼？」

他是什麼意思？溫志浩有什麼事情是沒有告訴他的？

他奮力一扭，終於從溫志浩的手臂下掙脫出來。剛才的盛怒已經褪去了大半，此刻的他雖然還喘著氣，但那股想要致人於死地的念頭已經不復存在。

「怎麼樣，溫志浩？」蕭愷帆嘲弄地說道。「所以你愛上誰了？你的好兄弟金在絢嗎？還是你也偷偷暗戀著我們的新朋友程喬恩？」

「蕭愷帆，拜託。」溫志浩舉起雙手。「我不是——」

「你就告訴他啊。」蕭愷帆張開雙臂，大聲說道。「告訴金在絢，你以前對同性戀有什麼看法！」

在金在絢震驚的目光下，溫志浩的肩膀突然垮了下來。金在絢幾乎沒有見過他這麼氣餒的模樣，像是一隻被踢進水溝裡的狗。

「蕭愷帆，真的不需要這樣。」溫志浩低聲說。「我不想要造成二度傷害。」

這句話讓蕭愷帆嗤之以鼻。一團血塊從他的鼻孔噴了出來，落在地上。

「二度傷害？真是個大笑話。」蕭愷帆嘶聲說道。「你為什麼不乾脆就說實話好了，溫志浩？告訴他們，你曾經說過同性戀有多噁心，你光是跟他們站在同一個空間、呼吸同樣的空氣，都覺得不舒服！」

這整件事，金在絢全部都不知情。他一直以為他們和蕭愷帆是自然而然地走上不同的道路，逐漸產生嫌隙的。他不知道溫志浩曾經對蕭愷帆說過這些話。

嗯，看來他們兩人之間，金在絢不是唯一一個對對方保有祕密的人。

「蕭愷帆！」溫志浩大喊。「我那時候還太小了，好嗎？我什麼都不懂。我一直在試著跟你道歉，你知道我有。但是你——」

「噢，是這樣嗎？」蕭愷帆回答。「那我現在跟程喬恩道歉。這樣就沒事了嗎？」

「那時候我才剛上六年級。」溫志浩搖著頭，他的聲音壓得很低。「我不知道我在說什麼，好嗎？那時候大家都在這樣開玩笑，我只是跟著他們說。就只是這樣而已。而且，我當時也不知道這句話對你來說是什麼意思……」

圍觀的人集體倒抽一口氣。就連金在絢，都有幾秒鐘因為震驚而喪失了語言能力。

靠。

蕭愷帆是同性戀。誰想得到呢？這個荒謬的結論，使金在絢忍不住哼笑出聲。全校最恐同的惡霸，居然是同性戀。

但是，就某方面來說，金在絢好像突然理解，蕭愷帆為什麼這麼痛恨程喬恩了。

溫志浩低垂著頭，面色鐵青，好像自己說了什麼罪不可赦的話一樣。

金在絢的視線從溫志浩臉上，轉向蕭愷帆的位置。

「你好可悲。」他冷冷地、一字一句地說。「你他媽的有夠可悲。」

可是蕭愷帆沒有回應他。他在哭，他的眼淚、鼻涕和鼻血全部混合在一起，形成一片噁心的汙漬，但是蕭愷帆甚至沒有動手去擦。他只是坐在地上，毫不掩飾他丟臉的模樣，肩膀不斷晃動著，發出難聽的嗚咽聲。

金在絢轉過頭去，看向程喬恩的方向。謝薇娟正跪在程喬恩身邊，小心翼翼地扶著程喬恩的頭。程喬恩的眼睛已經睜開了，正掙扎著想要從地面上爬起來。

而蕭愷帆不是整個餐廳裡唯一一個在哭的人。周以樂圓潤的身軀跪在謝薇娟旁邊，他弓著身子，身體前後搖晃，正放聲大哭著。

「程喬恩，對不起。」他喃喃說著。「程喬恩，對不起。對不起。全都是我的錯……」

金在絢僵硬地轉過身。他的雙腿感到麻木不已，心底有著一股什麼東西在翻滾、攪動。他緩緩朝程喬恩走去，在他身邊蹲下。

「程喬恩。」他開口。他的聲音沙啞得令他感到不悅。「對不起。真的、真的對不起。如果你出了什麼事，我——」

他該對程喬恩說的話太多了，使他突然不知道要從何開始。是他的懦弱和退縮，是他過度膨脹的自尊心，但是後果卻是由程喬恩來承受。甜美、單純，從來不對任何人抱有任何惡意的程喬恩。他不該受到這樣的對待。

在他的注視下，程喬恩輕輕搖了搖頭。他的嘴唇動了動，張開嘴，但是卻一個聲音也發不出來。金在絢好想要彎下身去擁抱他，但是他知道他現在不該碰他。

金在絢伸出手，緊緊牽住程喬恩的手。程喬恩的手指軟綿綿地在他手中，沒有回握他。金在絢用力咬緊牙關，直到他的下顎都痛了起來。

要死。他究竟幹了什麼好事？

「已經有人去找老師了。」謝薇娟輕聲說。「他們會送程喬恩去醫院的。」

金在絢嚥了一口口水，點了點頭。然後他俯下身，在程喬恩的額頭上輕輕印下一吻。

去他的自尊心。去他的麻煩。

他不在乎四周的人怎麼看待他們。再也不在乎了。他們愛怎麼放屁，就讓他們去放好了。如果失去程喬恩，那他的堅持又有何意義？

——這不重要嗎？

程喬恩昨天帶著淚水，對他提出的質問，此刻在他的腦中不斷迴盪，刺痛著他的胸口。

他是個白痴。他是個徹徹底底的大白痴。他為什麼會選擇在意別人的閒言閒語，卻任人這樣傷害程喬恩？

如果……如果現在還來得及的話——

「我昨天就應該這麼做的。」他嘶啞地說道。「我喜歡你，程喬恩。再也沒有人可以阻止我這麼說了。就算是我自己這顆該死的腦袋也不行。」

程喬恩的嘴角抽動了一下，而金在絢很想相信那是一個微笑。然後程喬恩閉上了眼睛，淚水從他的眼角滑下，與他的血混合在一起。

「老師來了。」後排圍觀的學生之中，有人這樣說道。

直到程喬恩的身體被醫護人員抬上擔架、準備離開學生餐廳時，金在絢都牽著程喬恩的手，沒有放開。

明日，陽光依然絢爛

第十五章　新的世界

程喬恩聽見病房的門打開，又輕輕關上的聲音。他緩緩睜開眼睛，自己的眼皮卻腫脹而滾燙。

他好像做了一場很長很長的夢——但是夢境太扭曲、太混亂，他幾乎沒有記住任何一個片段。在夢中，他聽見很多聲音，許多人叫著他的名字。程喬恩。

不知為何，這個名字對他來說既熟悉又陌生。

對，程喬恩。

但是他不太確定程喬恩是誰了。

醫生告訴他和媽媽，他有輕微的腦震盪、鼻梁挫傷，此外還有一些大大小小的瘀血與皮肉傷。他建議程喬恩在醫院裡住三天，確保他的暈眩和反胃症狀沒有更加惡化。

程喬恩沒有任何意見。反正他也不急著回去學校。

學校——程喬恩甚至不記得他是怎麼從學校來到這裡的。當他終於從深不見底的黑暗中轉醒時，他有一瞬間以為自己是在家裡的床上。

但接著醫生和護理師就出現了。他們來檢查程喬恩身體的各項數據，取得他的血壓、心跳和體溫，然後給了他幾顆藥。程喬恩抬眼看著天花板，聽醫生簡述他的狀況。那些傷勢和照顧的須知，好像都是針對別人所給出的。

他好像應該要更在意一點，畢竟這是他自己的身體——但是他並沒有。不知道為什麼，他就是沒有辦法提起精神去關心。

他只是躺在床上，當他覺得疲憊時，就任由睡意將他的意識帶走。醫院的枕頭和棉被不像家裡的那麼舒服，但是也夠好了。他不去思考、不去回想，只是讓時間一分一秒地過去。病房就像一座實體的堡壘，將程喬恩安全地包圍在其中。

「程喬恩。」媽媽將布簾稍微拉起，對他微笑。「你醒來了嗎？」

程喬恩輕輕點了點頭。

「你的朋友來看你。」

朋友。

這個詞似乎被埋藏在程喬恩的腦海最角落，他不太確定她是什麼意思。朋友？誰是他的朋友？

周以樂的臉從布簾的後方探了出來，然後是一束小小的鮮花。

「嗨，程喬恩。」

周以樂露出了一抹微笑，或者說他試著微笑——但是他看起來更像隨時準備落淚的樣子。

「我讓你們聊聊吧。」媽媽說。「我下去買杯咖啡。」

「好。」程喬恩回答。

儘管這已經是他在醫院待的第二天，他的聲音仍然有些沙啞。

周以樂把花束放在床頭邊的櫃子上，在牆邊的椅子坐下。他小心翼翼地坐在椅墊的邊緣，稚氣未脫的面孔漲得通紅，眼神緊盯著自己的腳尖。

程喬恩從來沒有如此清楚地聞過鮮花的香氣。

「嗨，周以樂。」他輕聲說。

周以樂瞥了程喬恩一眼。「你……你還好嗎？」

「嗯，以前比較好。」程喬恩回答。

周以樂點了點頭，咬住嘴脣。

有那麼短暫的一刻，他們兩人都沒有說話。周以樂的腳尖局促地摩擦著，低垂著頭，不願對上程喬恩的視線。程喬恩只是靜靜地看著他。病房裡只有他和周以樂的呼吸聲，還有隔壁床病人偶爾咳嗽的聲音。

最後，周以樂深吸一口氣，像是終於下定了決心。他抬起臉，對程喬恩說：「對不起，喬恩。」彷彿受到召喚一般，隨著他說出程喬恩的名字，一滴淚水便滑下他的面頰。「我真的、真的很抱歉。」

程喬恩的視線緩緩打量著周以樂。他圓潤的面孔，他還沒有變聲的嗓音，他粗短的手臂和雙腿。周以樂還只是一個孩子。

「蕭愷帆告訴我了。」程喬恩說。

只要稍微多說幾個字，他的喉嚨就像是被人拿石頭刮過一樣刺痛。但是他不確定到底哪一個比較痛——是他的喉嚨，還是他的鼻梁。

周以樂嚥了一口口水。「我……我當時是有點生你的氣，喬恩。」他的手緊抓著自己的短褲邊緣，手指焦慮地撥弄著線頭。「你交到了新朋友，你看起來真的好快樂……然後，我……我覺得你已經忘記我了……」

「所以你就偷走我的筆記本。」程喬恩說。「想要用來保護自己。」

讓程喬恩意外的是，他的聲音很平靜——事實上，他也感到很平靜。說出這句話時，他本來以為自己會對周以樂的背叛感到受傷、痛苦，或是怨恨，但是他的心中沒有以上任何一種感覺。真要說的話，程喬恩只感到一股同情。

這孩子所做的事，都只是他單純的心靈所做出的錯誤判斷。他或許是個天才跳級生，但是他畢竟只有十二歲。有些事情，他在十二歲的時候是不會懂的。或許程喬恩在十二歲的時候也不懂。

「不——是蕭愷帆他威脅我。」周以樂驚慌地抬起眼。「他發現我沒有再和你一起吃午餐之後，他就找到機會了。而我想……我以為，如果我照他的話做，他就不會再找我的麻煩……」

但是他當然沒有這麼做了。

程喬恩點點頭。他懂。他真的懂。

「但是，這不代表我就有理由做這種事。」淚水再度從周以樂的臉頰流了下來。那孩子用手背抹去臉頰上的淚，用力吸了吸鼻子。「我不知道你的筆記本裡寫的事情會導致這種後果……這都是我的錯。全都是我的錯。對不起，程喬恩。真的對不起……」

周以樂的肩膀顫抖著，不斷啜泣。

程喬恩的心臟一陣緊縮。他不確定這是因為周以樂提到了他筆記本的內容，還是因為看見周以樂的眼淚，使他心中也產生了一股罪惡感。

「嘿，以樂。」他深吸一口氣，忍受著喉嚨的痛楚，低聲說：「這不是你的錯。真要說的話，我也有一部分的責任。」

周以樂抬起盈滿淚水的雙眼，茫然地看向他。

「我不該那樣拋下你的。」程喬恩緩緩地說道。「我不是一個非常稱職的朋友。對不起，以樂。」

「你不……你不會生我的氣嗎？」周以樂帶著濃濃的鼻音說。他用力搖搖頭，撇開視線。「我對你做的事情真的很差勁。我真的太蠢了。我……我不值得和你做朋友。」

「不。」程喬恩輕聲說。「我一點都不生氣。」

生氣是程喬恩現在最不想做的一件事。他太累了，他甚至不確定自己究竟有沒有力量產生怒火。但是他知道，他說的話並不是謊言。

「喬恩，你……」周以樂嚥了一口口水，小心翼翼地抬起眼。「我知道我沒有資格做出這個要求，但是……你能原諒我嗎？」

程喬恩看著他又大又圓的雙眼，現在布滿了血絲。他的樣子就像是在等待老師處罰的小孩。但是，程喬恩又是什麼人呢？他憑什麼去懲罰任何人？更何況，還是一個不懂人情世故的孩子？

所以他直視著周以樂，用輕柔而堅定的口吻說：「可以，我原諒你，以樂。」

周以樂咧開嘴，發出一聲既像嗚咽、又像笑聲的聲音。他抽起一張衛生紙擤了鼻涕，再度用手背抹抹臉。

「你就像天使一樣，喬恩。」周以樂說。「真的。」

這句話使程喬恩的嘴角上揚起來。這真的令程喬恩露出微笑。

「我不覺得自己很像天使。」程喬恩說。「我現在只覺得很痛。全身都很痛。」

周以樂在椅子上瑟縮了一下。

「嗯，我看得出來。」他猶豫了幾秒，最後抬眼看向程喬恩。「我……好像應該要先讓你休息了。我只是……有些話我必須要跟你說。不然我永遠都不能原諒我自己。」

「沒關係。」程喬恩回答。「我懂，以樂。沒事的。」

「不，這樣並不是沒有關係。我知道。」周以樂說。「我……我傷害了你，喬恩。不管你怎麼說、不管我怎麼想，這都是無法改變的事實。」他露出一抹哀傷的微笑。「我不知道你怎麼樣，但是……我永遠都不會忘記這件事的。」

「我想我也是。」

程喬恩知道這是事實。這件事情在他腦中留下的痕跡，即使在他身上的傷痕都消失很久很久之後，也不會離他而去了。他只是不確定這是好事，還是壞事。

周以樂緩緩地點點頭。他從椅子上跳了下來，來到床邊。他伸出手，猶豫了一會，然後輕輕拍了拍程喬恩的肩膀。

「那麼，我們在學校見嗎？」他充滿希望地問。

「我們在學校見。」程喬恩保證。

周以樂離開後不久，程喬恩就再度昏昏沉沉地睡去。他甚至不知道媽媽是什麼時候回來的。

＊

第二個來看他的人是金在絢。

當媽媽告訴他金在絢在門外等待時，程喬恩一度有點遲疑。他想要見到他嗎？他要和金在絢說什麼？而金在絢——他又會對程喬恩說什麼？

想到這一點，程喬恩的肚子深處就產生一股無法克制的恐懼感。

和周以樂和解，這件事情很容易。但是金在絢的話，那又是另一個完全不同的故事了。

他不想面對金在絢，不想面對他們之間不可避免的未來。不，不要說未來了，他連他們的「現在」該是什麼樣子都不知道。

「你想要見他嗎？」媽媽問。

程喬恩不知道他媽媽究竟知道多少他和金在絢之間的事，但是看著她看他的眼神，他覺得，媽媽知道的比他想得更多。

「如果不想，我可以告訴他你在睡覺。」

程喬恩的手抓緊被單。他想要見他嗎？

「好。」程喬恩點點頭。「我想要見他。」

「好。」媽媽說。「我讓他進來，然後我會去樓下吃點東西。」

她彎下身，吻了吻程喬恩的額頭。

「我愛你，兒子。」

「我知道。」程喬恩回答。「我也是，媽。」

在媽媽的身影離開布簾之後幾秒鐘，另一個人便出現了。

金在絢。

他穿著一件襯衫和牛仔褲，就像他最平常的樣子；他的一頭黑短髮被風吹得雜亂，他細長的黑眼和粗濃的眉毛依然帶著那股桀驁不馴的神色，薄唇緊抿成一條線。就算程喬恩閉上眼睛，他也能分毫不差地在腦中描繪出金在絢的模樣。

而這刺痛著程喬恩的心臟。

金在絢的手插在口袋裡，緩緩地往床邊走來，腳步有點遲疑。「嗨。」他說。

隨著金在絢越走越近，程喬恩可以感覺到自己的心跳開始加速。如果程喬恩在此刻伸出手，他就能碰到金在絢的褲子。而他感到哀傷不已，因為即使在他們之間發生的一切之後，此時他還是好想要握住金在絢的手。

「嗨。」最後，程喬恩只是這麼說了。

金在絢的眼神在他的臉上遊走，最後勾起一抹微笑。

「嗯，我知道這聽起來很像屁話，但是你看起來好慘。」

「對。」

程喬恩知道他額頭上纏著繃帶，右手吊著點滴，他的鼻梁此時也用固定器固定著。在他去上廁所的時候，他從鏡子裡看過自己的臉。他就像是被一輛車迎面撞上的受害者——他感覺起來也像是被車撞過一樣。

金在絢嘴唇上的笑意並沒有達到他的眼睛。他吐出一口長氣，然後在床邊的椅子上坐下。

「溫志浩和謝薇娟他們說想要一起來看你，但我叫他們不要來。」金在絢說。「我猜你的大腦應該暫時沒有辦法承受那麼多人對你疲勞轟炸。」

程喬恩只是靜靜地看著他。金在絢有話要對他說，這是一定的，所以他現在才會顧左右而言他。只是程喬恩不確定他要說的話，和程喬恩想的是不是一樣。而他懷疑，那不會是他想要聽的話。

「你被送來醫院的時候，我也跟著來了。」金在絢繼續說。「我昨天也在。只是我叫你媽別告訴你我在門外。」

他哼笑一聲，搖搖頭。

「有夠蠢的。我連進來看你都不敢。」

程喬恩咬著自己的口腔內側。然後他緩緩說道：「你為什麼要來，金在絢？」

金在絢朝他投來一個眼神，垂下視線，看著自己交握在一起、放在膝蓋上的雙手。
接下來的沉默，彷彿持續了一輩子那麼久。程喬恩只是一言不發地打量著金在絢的側臉，看著他臉上每一絲細微的表情變化：他的眼睛打量著周遭，眉頭微微皺起，嘴脣抽動著，好像他正在嘴裡嘗試著說出他接下來要說的每一個字。
他要說什麼？他們之間，還有什麼可說的？
「靠，我真的不知道要怎麼說這些。」金在絢抬起頭，向後靠在椅背上。「這不是我的強項，你知道嗎？我不說心裡話的。我連要怎麼開始都不知道。」
「嗯。」程喬恩說。「也許，這就是你該學習的時候了。」
聽見這句話，金在絢忍不住笑了一聲。「對，我想是吧。」他的下顎動了動。最後，他下定決心般轉過頭來，對上程喬恩的視線。「程喬恩，對不起。」
程喬恩看著他，沒有回應。他是在為了哪一件事情道歉？
「天啊！我真的好不會說這種話。但是我要嘗試看看了。如果你想要罵我、叫我閉嘴滾蛋，那也沒關係，但至少請你等我把話說完。好嗎？」
程喬恩無聲地點點頭。
金在絢深吸一口氣。
「我應該要保護你的。蘇曼筠對你說那些屁話的時候，我卻像個沒骨氣的懦夫一樣站在旁邊，任憑她羞辱你。」金在絢的語速很快，而且越來越快，像是深怕自己會忘記要說什麼，或是怕自己會因為各種原因而說不出口。「我讓你失望了，而且你理所當然可以感到失望。我是個徹徹底底的混蛋，我只在乎我自己，卻忽視了你的感覺。你信任我，我讓你開始信任我——但是我卻在最重要的時候背叛了你的信任。如果你開始恨我，我完全可以理解。事實上，我也希望你恨我，這樣我才不會覺得自己這樣做是情有可原的。我所做的一切，都自私到不行，我——我很抱歉，程喬恩。這都是我的錯。」

程喬恩眨了眨眼。然後他驚訝地發現，一滴眼淚從他的眼角流了下來。接著是第二滴、第三滴。

他不恨金在絢，一點也不。真要說的話，他更多的是不能理解。在他以為他和金在絢的心意終於相通時，金在絢的表現卻令他困惑不已。他在私底下對他展露出來的好感，以及他在其他人面前對程喬恩的態度，這兩者的溫差，使程喬恩不知道該相信哪一部分的他。

這對金在絢來說，只是個遊戲嗎？他們兩人的關係，對金在絢來說只是生活無聊時的娛樂嗎？

「我可以問你一個問題嗎？」程喬恩輕聲說。

「可以。」金在絢說。「只要我有答案，我什麼都會告訴你。我發誓。」

「你想要……從我這裡得到什麼？」程喬恩的視線變得越來越模糊。

他不想要邊哭邊說話，他不想要把自己搞得像悲劇故事的主角。但是現在躺在病床上的他，似乎沒有太多的選擇。

「我喜歡你，金在絢，真的很喜歡你。而我知道——我知道高中的戀愛很少走得到最後的，我根本就不懂這種事怎麼運作——但是我看不出來……我不知道我們算是什麼——」

金在絢嘆了一口氣，用力搓了搓自己的臉。

「你知道我最喜歡你什麼部分嗎，程喬恩？」金在絢的眼神看起來溫柔不已。他露出一個淺淺的微笑，幾乎使程喬恩的心臟都要停止了。「你很勇敢。你也許自己不知道，但是你他媽的超級勇敢。你不怕承認自己的感情，你不怕為了自己在乎的事情站出來，即使你知道自己也許一點勝算都沒有。也許就某方面來說，我有點崇拜你。」

程喬恩只是瞪大眼睛，愣愣地看著他。

勇敢？程喬恩從來沒有用這個詞彙形容過他自己。他甚至不知道這個詞究竟存不存在於他的字典中。他一直都把自己藏在屬於他的小世界裡，他不知道自己什麼時候產生了能夠用「勇敢」來描述的部分。

「但是程喬恩，我想，有一件事，我得先告訴你。」金在絢的表情看起來很悲慘——或許幾乎就和程喬恩一樣悲慘，這使程喬恩心中產生了一絲詭異的滿足感。「高中畢業之後，我就要搬家了。」

這個新的資訊，使程喬恩的大腦停止運作了幾秒。

「搬家？」他喃喃說道。「你是說去另一個縣市，還是——」

「另一個國家，程喬恩。」金在絢的聲音很低，低到程喬恩快要聽不見了。「高中畢業之後，我就要搬回韓國去了。」

「可是……可是，為什麼？」

「那是我爸的決定，跟他的工作有關。這個調動不是永遠的，但是我什麼都不能確定。我不知道我會在韓國待幾年，但我猜我會在韓國把大學唸完——」金在絢搖了搖頭。「這些都不是重點，對吧。我不太確定我要怎麼解釋這些事，程喬恩。一切好像都有點關係，但是我沒辦法明確地說給你聽。」

看著金在絢挫敗的表情，程喬恩咬了咬嘴唇。「至少，你可以試試看？試著解釋給我聽。」

金在絢垮下肩膀。

「好吧。」他猶豫了一下，然後繼續說道：「我猜我一直都不想要在高中和任何人在一起。不是因為我害怕給承諾，或是什麼的——嗯，也許有一點——但那是因為我知道，我沒辦法守住我給的承諾。如果我和某個人開始交往，而且我們很認真，我不希望我們的關係結束，那等我去韓國的時候，我們該怎麼辦？這太難了，你知道嗎，程喬恩。那是幾百公里的距離——好幾千公里的距離。這樣我要怎麼和你在一起？」

他頓了頓，自嘲地笑了一聲。

「當然，還有那些老掉牙的屁話：我不想讓人知道我是同性戀，我不想要其他人知道我和誰在一起，然後讓我們都成為同學茶餘飯後的話題。那只會傷害我、傷害我們的關係。而且如果最後註定都是要分手，那這樣的意義何在？這樣你可以聽得懂嗎？」

「可是，為什麼？」程喬恩問。「你為什麼會這麼肯定？」

是的，遠距離這件事，任誰或許都會感到壓力和擔心，程喬恩可以想像。但是金在絢看起來好篤定，好像他早就預見了結局一樣。

金在絢低垂著頭，沒有立刻回答他。程喬恩知道，有些事情他還沒有告訴他。

程喬恩只是靜靜地等待。如果金在絢對他真的有那麼一點點的在乎，他就會告訴他的。

最後，金在絢重重吐出一口氣。

「我沒有告訴過你，對不對？我爸媽其實也離婚了。」

程喬恩直望著他。

「沒有。」

「嗯，就是這樣。我爸媽也沒撐過遠距離。」金在絢的嘴角一歪。「他們嘗試了很多年——真的很多年。我都已經出生十幾年了。但最後，我媽還是受不了。就算是為了我——」

金在絢搖搖頭，硬生生地收住自己的話。他頓了頓，然後又開口。

「就連有了婚姻、有了小孩，這種距離，都還是打敗了他們。」他低聲說。

「那我呢？我有什麼理由讓人繼續堅持下去？你這樣懂嗎？」

程喬恩的大腦有點難以處理這些資訊。他閉上眼睛，試著在腦中把金在絢剛才說的一切，梳理成一條一條的句子。

嗯，也許他可以理解。

如果是一段明知不可能持續下去的感情，那還有開始的必要嗎？

但或許，這就是金在絢說他勇敢的地方——因為如果問起他的話，程喬恩依然會選擇嘗試一次。即使沒有結果，他也不想要在金在絢離開後，再來自己思考那些「如果」。

不過，當然，這不是他一個人的選擇了。

「我一直都很自豪，我把這一切都處理得很好，隱藏得很好。沒有人知道我喜歡男生，我也沒有對任何人產生超越友情的感覺。」金在絢說。「嗯，但那是在認識你之前。也許我的自制力一直都不像我以為得那麼好。」

程喬恩再度睜開眼。金在絢正看著他，而這是程喬恩第一次見到金在絢的眼神如此坦誠、如此脆弱，而且充滿著和他一樣的困惑。

「我不知道要怎麼做，程喬恩。我真的不知道。」他嚥了一口口水，垂下頭。「我做了我覺得對的決定，而事實證明，我錯得不能再錯了。我是個白痴。」

他的雙手緊握成拳頭，指關節用力得泛白。

「看見你躺在餐廳的地板上，動彈不得，滿臉是血的樣子——我覺得我就要發瘋了。我確實是發瘋了。如果不是溫志浩把我拉開，蕭愷帆可能……」

他沒有把這句話說完。

「你應該要讓我知道的。」程喬恩輕聲說。

他的聲音有點顫抖——他甚至不知道自己究竟想要說什麼。他只是讓自己腦中的思緒流動，並把他腦中的字句一條條說出口，就像他以前寫在筆記本上那樣。

「所有的一切。你要出國的事、你爸媽的事……你應該要告訴我的。」

金在絢瞥了他一眼。

「如果我知道我們只剩下兩年的時間，我還願意和你繼續下去嗎？如果你不想要被人說三道四，我能夠接受在學校裡不要和你太過親近嗎？」程喬恩直視著金在絢的雙眼。「那些是我的決定，不是你的。你不能擅自為我做決定。」

金在絢垂下頭，沉默了很久，只是把玩著自己放在腿上的手指。最後，他抬起頭，對著程喬恩露出一個淺淺的微笑。

「嗯，我想你說得對。」他咧開嘴。「誰想得到呢？當你以為自己已經把人生都想清楚了的時候，就是會突然出現一個人，把你的計畫全部粉碎。我怎麼會搞砸成這樣？」

「我猜，那叫做成長。」程喬恩回答。

金在絢笑了起來。他緊鎖的眉頭鬆了開來，他的臉頰微微泛紅。這不是程喬恩第一次聽見金在絢的笑聲，卻是程喬恩聽過最好聽的笑聲。如果此時他不是躺在病床上，他或許會抓住金在絢的臉，然後親吻他那雙上揚的嘴唇。

「大家都說，不要選比較好的那個人，而是選會讓你變得更好的人。」金在絢輕聲說。「我只希望我能早點想通這件事。而不是在你——變成這樣之後。」

他朝程喬恩的病床伸出手。他的動作有些猶豫，好像不確定程喬恩會有什麼反應。

「我知道我沒有資格要求你給我第二次機會。」金在絢低聲說。「而我擔心的那些事情都是真的——我還是不知道我要怎麼面對學校裡的其他人，我不知道我在學校裡能多公開，我也不知道我出國之後該怎麼辦——但是我想要換一個方法。」

他咬了咬嘴脣。

「我想要找到解決辦法——和你一起。你……還有興趣嗎？」

程喬恩看著他強壯而修長的手指。又是那種感覺——那種獨特、脆弱，又好像有什麼大事要準備發生的一瞬間。

彷彿有一股外在的力量推動著程喬恩的手。他抬起手臂，輕輕碰觸金在絢的手指。

一股電流像是從金在絢身上湧進程喬恩的身體，而他心中掀起的情緒如同海浪般沖刷過他的全身，使他忍不住閉上眼睛。金在絢用力握住他的手，沒有放開。

「我們可以一起想辦法。」程喬恩說。他的聲音沙啞又難聽，但是他不在乎。「我們會知道的。」

「我沒辦法保證能給你『幸福快樂的生活』。」金在絢的聲音聽起來有些戲謔。「但我發誓，我會用盡最大的努力。」

程喬恩察覺到自己的嘴角上揚起來。「這聽起來不太浪漫喔。」

「嗯，這就是你的不幸了。」金在絢說。「我一直以來都不算是白馬王子那種類型的。」

程喬恩睜開眼，驚訝地發現金在絢正站在床邊。他牽著程喬恩的手，彎下身，將他的手指湊到嘴邊。

「如果你的鼻子沒有戴著固定器，我就會吻你的嘴唇了。」他說。「就目前而言，手指也算可以了。」

然後他將嘴唇貼上程喬恩的指關節。

「我喜歡你，程喬恩。」他喃喃說道。「對不起，我沒有更早告訴你。」

一股溫暖的感覺包裹了程喬恩的身體，而他身上所有的疼痛，在那一瞬間，好像突然全都消失了。

走出了他的筆記本所構築成的小世界後，程喬恩的面前，現在有一片廣大的世界在他眼前展開。他不知道未來會有什麼東西在等著他——但是這一刻，他覺得他好像不感到那麼害怕了。

「等你出院之後，我想要約你出去。」金在絢說。「你知道，就像真正的約會那樣。」

程喬恩露出微笑。

「我們要去哪裡？」

「我想要帶你去吃鬆餅。」金在絢的眼睛閃閃發亮。「我正好知道有一間餐廳會賣全世界最好吃的鬆餅。」

*

〔總覺得時間過了好久。好像很久很久沒有這樣認真寫字了。拿筆的感覺好奇怪，還是醫院的筆太難用了？

今天就要出院了，在絢說他會來接我。然後他會跟我和我媽一起去買炸雞桶回家，晚點在家裡開個小派對，就只有我們三個。

連續下了好幾天的雨，今天終於放晴了。病床旁邊就是窗戶，陽光很燦爛，照在床單上的樣子很美。如果我說這是要迎接我出院，會不會太自以為是了呢？

氣象說明天也會是好天氣，在絢跟志浩他們說要找我一起去逛逛。志浩要去看一雙限定款的鞋子，碰碰運氣看能不能買到。

要準備收拾東西啦。晚點有空再寫吧。」

全書完

明日，陽光依然絢爛

明日，陽光依然絢爛

作　　者／非逆
執 行 長／陳君平
榮譽發行人／黃鎮隆
協　　理／洪琇菁
執行編輯／丁玉霈
美術監製／沙雲佩
美術編輯／陳姿學
國際版權／黃令歡、高子甯、賴瑜妗
文字校對／朱瑩倫、施亞蒨
內文排版／謝青秀

國家圖書館出版品預行編目資料

明日，陽光依然絢爛 / 非逆作 . -- 一版 . --
臺北市：城邦文化事業股份有限公司尖端出版：英屬蓋曼群島商家庭傳媒股份有限公司城邦分公司尖端出版發行, 2024.04
面；　公分
ISBN 978-626-377-660-9（平裝）

863.57　　113000520

出版／城邦文化事業股份有限公司　尖端出版
台北市南港區昆陽街 16 號 8 樓
電話：（02）2500-7600　傳真：（02）2500-2683
讀者服務信箱：7novels@mail2.spp.com.tw
發行／英屬蓋曼群島商家庭傳媒股份有限公司城邦分公司　尖端出版
台北市南港區昆陽街 16 號 8 樓
電話：（02）2500-7600　傳真：（02）2500-1979
劃撥專線：（03）312-4212
戶名：英屬蓋曼群島商家庭傳媒（股）公司城邦分公司
劃撥帳號：50003021
※ 劃撥金額未滿 500 元，請加付掛號郵資 50 元
法律顧問／王子文律師　元禾法律事務所　台北市羅斯福路三段 37 號 15 樓

台灣地區總經銷／中彰投以北（含宜花東）　楨彥有限公司
電話：（02）8919-3369　　傳真：（02）8914-5524
雲嘉以南　威信圖書有限公司
（嘉義公司）電話：（05）233-3852　　傳真：（05）233-3863
（高雄公司）電話：（07）373-0079　　傳真：（07）373-0087
馬新地區總經銷／城邦（馬新）出版集團 Cite（M）Sdn Bhd
電話：603-9057-8822　　傳真：603-9057-6622
E-mail：cite@cite.com.my
香港地區總經銷／城邦（香港）出版集團 Cite（H.K.）Publishing Group Limited
電話：852-2508-6231　　傳真：852-2578-9337
E-mail：hkcite@biznetvigator.com

版　次／2024 年 4 月 1 版 1 刷